喫茶月影の幸せひと皿

内間飛来

宝島社
文庫

宝島社

目次

CONTENTS

プロローグ

何かを強く願うなら　賀珠沼町(かづぬまちょう)にお行きなさいな
満月の夜にだけ現れる　不思議な不思議な喫茶店
〈喫茶月影(きっさつきかげ)〉がきっと　あなたを笑顔にしてくれるはず

町はずれにある　七曲(ななまが)りの交差点
満月の夜に　月を背にして立ってみなさいな
すると　するする伸(の)びた影(かげ)が　八つ目の角を曲がっていくはず

影をたどって　その不思議な角を曲がってごらんなさいな
道は袋小路になっていて　すぐ眼の前に喫茶店が現れるはず

麻の生成りの色をした　柔らかそうな緩い三つ編みで
笑顔の優しい女性がいたら　それが喫茶店の店主です
彼女に相談してごらんなさいな
願いを叶えるきっかけを　きっと与えてくれるはず

幸せ笑顔を求めるならば　〈喫茶月影〉に行ってごらんなさいな

第1話

いのちがきらめく 柘榴色の健やかグミ

康夫（やすお）の足取りは鉛（なまり）のように重たかった。一歩踏（ふ）み出すごとに地面がひび割れて、そのまま奈落（ならく）に落ちていきそうな。そのくらいに、康夫の歩みは重たかった。

空には綺麗（きれい）な真（ま）ん丸（まる）のお月さまが昇（のぼ）っているというのに、仰（あお）ぎ見ることもない。顔はげっそりと青ざめて、ため息をつく余裕すら康夫には残っていなかった。

ふと足を止めると、康夫はぼんやりと辺りを見回した。

（おや、ここはどこだろう……）

何も考えることすらできずにフラフラと歩いていたからであろう、いつもの帰路（きろ）とは違う道を歩いていたようだ。電柱についている区街区表示板（くがいくひょうじばん）には〈賀珠沼町（かづぬまちょう）〉と書かれている。この周辺に引っ越してきてもう数年経（た）つというのに、初めて見る町名だった。

眼の前には七つの曲がり角。帰るには一体どの道を曲がればいいのか——そのように思案（しあん）しながら角を順に見ていると、影が不自然にするすると伸びていった。影はそのまま、八つ目の角へと曲がっていった。

（さっきまで、そこに角はなかったような……？）

月明かりに照らされているから、暗がりが死角になっているということもない。しかし、たしかに先ほどまでは角は七つしかなかった。

眼の前でいきなり不可思議なことが起こったというのに、康夫は不思議とそれを恐怖と感じなかった。むしろ抱えていた絶望が幾ばくか去っていったような、胸のうちが少しだけ軽くなったような――。

突如現れた八つ目の角に興味が湧いた康夫は、奇妙に伸びる自分の影をたどりながら角を曲がってみることにした。

角を曲がると、すぐ目の前に雰囲気の良い一軒家が現れた。大きな窓の端にはカーテンが引かれておらず、お茶をしている人が数人見てとれた。どうやらここは喫茶店のようで、軒先にも〈喫茶月影〉という看板が下げられている。窓から漏れる暖かな明かりに吸い寄せられるかのように、康夫はその喫茶店に入っていった。

店に足を踏み入れてすぐ、カウンターの内側にいた若い女性がふんわりと笑って「いらっしゃいませ」と声をかけてきた。鈴が転がるような、心地の良い声だ。彼女は手にしていたグラスと布巾を置くと、一転して表情を暗くした。

「あら、顔色がとてもお悪いですよ。今すぐお水をお出ししますから、どうぞゆっくり休んでいってくださいな」

康夫は薄っすらと愛想笑いを浮かべると、空いている席を適当に見繕って腰を掛けた。そこに、先ほどの女性――他に店員は見当たらないから、きっと店主なのだろう――が水の注がれたグラスを持ってパタパタと駆け寄ってきた。

「大丈夫ですか？　お医者様、お呼びいたしましょうか？」

テーブルにグラスを置きながら、彼女は心配そうに康夫の顔をのぞき見た。康夫は小さく首を横に振ると、小さな声で返した。

「大丈夫です。今、行ってきたばかりですから」

「そうでしたか。もし今よりもご気分が悪くなられたら、遠慮なくおっしゃってくださいな。すぐにお医者様をお呼びいたしますから」

店主は笑いかけたが、康夫は笑い返すことができなかった。それどころか、今にも康夫自身を吸い込んで消えてしまいそうなほどに、暗い瞳がいっそう暗く淀んだ。

「大丈夫です。これ以上悪くはなりようありませんから。良くもなりませんけれどもね」

絶望色の返答に、店主はとても胸を痛めた。それに気がついた康夫がすぐさま謝ると、何故か店主は康夫の向かい側の席に腰を落ち着かせた。

「よかったら、お話いただけませんか？」

「いや、話したところでどうにかなるわけではないですし……」

「もしかしてですけれど、帰るに帰れない気分でいらしたから、気分転換のためにご来店くださったんじゃありませんか？　でしたら、どうぞ思いの丈を吐き出しちゃってくださいな。きっと、帰るために必要な気持ちの整理くらいは、できるかもしれませんし」

まるで子守唄でも歌っているかのように、とても優しく店主はそう言った。それだけで無性に泣きたくなるような、救われたような気持ちに康夫はなった。

店主はハッと息を飲むと、申し訳なさそうにうつむいた。

「私ったら、さしでがましいことを。すみません」

「いえ、いいんです。いいんです……」

康夫は恐縮すると、ポツリポツリと話し始めた。

康夫が妻と出会ったのは、会社でそこそこの肩書(かたがき)がついたころだった。がむしゃらに仕事に打ち込んでいたからか若いころには出会いがなく、気がつけば周りには既婚者(きこんしゃ)ばかりになっていた。暖かな家庭に生まれ育ち、自分も両親のように素敵な家庭を築きたいと思っていた康夫は、慌(あわ)てて結婚相談所に登録した。——そこで出会ったのが妻だった。

妻はとても気持ちの良い性格で、笑顔の素敵な人だった。彼女は人としても尊敬のできる相手で、康夫から言わせれば、引く手あまただろうという印象だ。しかし彼女もキャリアウーマンとしてバリバリと働いていて、中々出会いに恵(めぐ)まれなかったのだとか。彼女と出会ってすぐに恋に落ちた康夫は、結婚を前提とした付き合いを申し込んで承諾(しょうだく)の返事をもらえたことが天にも昇(のぼ)るほど嬉しいと思った。

素晴らしい彼女とは、夢に描いていたような家庭を築くことができた。しかし、二人の前に大きな壁が立ちはだかった。それは、中々子供を授かることができなかったことだ。一時は養子も検討したほど夫妻は悩んでいたが、その後男の子を授かることができた。

「妻が典子と言いますんで、私の名前と一文字ずつとって、息子には康典と名付けたんです。妻に似て利発ないい子でね、目元が私に似て、ちょっと垂れ下がってて。――あ、写真、ありますよ。ほら、これです、これ」

言いながら、康夫はポケットから携帯電話を取り出して、店主に待受画面を見せた。そこには、可愛らしい男の子と笑顔の素敵な女性が寄り添っているのが表示されていた。

「とても可愛らしい子ですね。奥様も素敵」

店主が目を細めると、康夫は嬉しそうに「そうでしょう」と言いながら何度もうなずいた。康夫は画面の中の息子を愛おしそうに指の腹で撫でながら、訥々と話を続けた。

「康典が幼稚園に上がるのに合わせて家を購入しまして、もうこの春には小学生です。ご近所付き合いも良好で、何もかも順風満帆でした。――順風満帆なはずだったんです」

康夫は言葉を詰まらせると、目頭をじわりと湿らせた。

会社で受けた健康診断にて病気の疑いありと診断され、家族に無駄な心配をさせるわけにはいかないと内緒で検査を受け直したという。それで本日、仕事帰りに検査結果を聞きに行ったわけなのだが、康夫は余命幾ばくもないと医師に宣告されてしまったのだ。

「最近、少し体重が落ちたかなとは思っていました。でも、それ以外は特に何も違和感を覚えることはなかったんです。全然元気だし、むしろこれからもっと愛する家族のために頑張るぞ、三人でもっと幸せになるぞと思っていたのに。なのに、お医者様はすぐにでも緩和ケアを、と言うんです。――孫の顔を見るまではと思っていたのに、私は康典の成長すら、もう見届けられないんですよ……！」

とうとう、康夫は泣き出してしまった。そして少しだけ泣いてズッと鼻を鳴らしたあと、ハンカチで涙を拭いながら肩を落とした。

「すみません、みっともないところをお見せして……」

店主はただ優しく首を振るだけだった。つらい気持ちを吐き出して少しは楽になったのか、それとも重たい身の上話をしてしまって申し訳ないと思ったのか、康夫はほんのりと情けない笑顔を浮かべた。そして、あ、と何かに気づいたというかのような表情を浮かべると、おろおろとし始めた。

「喫茶店に来ておきながら、お水しかいただいていないだなんて。ひどいお客ですね、私は。すみません、何か注文します」

「あら、お水をお出ししてすぐに『よかったらお話を』と促した私も悪いですから。そんな謝らないでくださいな。――では、何になさいますか？　お客様」

「えっと、じゃあ、紅茶を一杯。アールグレイがいいな」

店主はにっこり笑って「かしこまりました」と言うと、立ち上がってカウンターへと戻っていった。

　店主が紅茶を淹れる準備をしているのを眺めつつ、康夫は店の中に視線を巡らせた。気持ちの余裕がなくて全然気づかなかったのだが、改めて見てみるとこの店が本当に雰囲気の良い店だということが分かる。――古めかしくも品が良い調度品がここそこに飾られており、壁の一部は全て本棚になっていた。ラジオかレコードかは分からないが、心の落ち着くような音楽がゆるゆると流れている。古き良き時代の純喫茶といった感じだ。

　しばらくして、みずみずしいオレンジのような香りがふんわりと漂ってきた。とてもよい茶葉を丁寧に淹れているのだろう、心が穏やかになる香りに、まるでみかん畑でポカポカとひなたぼっこをしているような気分になった。

「お待たせ致しました。ご注文のアールグレイです」

　眼の前に置かれたカップから立ち上る湯気が、康夫の鼻をくすぐった。康夫は心なしか顔をほころばせると、触り心地の良い陶磁の持ち手に指をかけた。

「とても美味しそうだ。――妻がね、紅茶が趣味でして。それで、家でもよく淹れてくれて飲むんですよ」

「あら、じゃあ、お口に合うか心配だわ。奥様の愛情こもった一杯に、敵(かな)うはずがありませんもの」

「いやいや、すごく美味しいですよ」

コクンとひとくち飲んでから、康夫はそう答えた。店主は嬉(うれ)しそうにはにかむと、カップの傍に小さなボウル状の皿を置いた。

「これはちょっとしたおまけです。どうぞ召(め)し上がってください」

皿にはグミのようなものが数粒盛り付けられていた。アーモンドのような丸い形の、透き通るような深い紅色(べにいろ)のものだ。まるで宝石のように輝いており、康夫は思わずつぶやいた。

「綺麗だ。柘榴石(ガーネット)みたいだなあ」

「ええ、そうなんです。それ、柘榴石なんですよ」

クスクスと笑ってうなずく店主を、康夫はポカンとした表情で見上げた。すると康夫から離れた席で本を読んでいた客——初老の男性が、おっとりとした口調で声をかけてきた。

「それね、マスターが手作りしているんだよ。美味しいから食べてごらんなさい」

「グミって手作りできるんですか。知らなかった」

康夫が驚いてそう言うと、店主はうなずきながら「ええ、作れますよ」と答えた。そして少しだけ自慢げに胸を張ると、作り方をつらつらと話しだした。

まず、純度の高い柘榴石を丸く磨き上げ、清水でしっかりと洗う。月の光をたっぷりと浴びた月桂樹の葉に溜まった朝露だけを集めたら、鍋に入れた柘榴石がひたひたになるくらい注ぎ入れる。そして、蓮の花から採った蜜と一緒に火にかけ、弱火でじっくりコトコトと煮込んでいく。焦げつかないように時折かき混ぜながら、水気が飛ぶまでだ。

「さすがに石を磨くのは自分ではできませんので、それはいつも石を分けてくださる方にお願いしているんですけれど。――ね？　根気はいりますけれど、手順は簡単でしょう？」

康夫は狐につままれたような気分になった。店主もお客も優しくて品があり、胡散臭さなどは微塵も感じられない。なのに、それがまさか「柘榴石みたいだ」という何の気ないつぶやきを、こんなおとぎ話めいた冗談に仕立て上げるだなんて。

康夫は困惑して、後ろを振り返り初老の男性を見た。男性はただ優しくにこにこと笑っているだけだった。もう一度店主を見上げると、彼女は少しばかり困った表情を浮かべた。

「えっと、あの、柘榴石は生命力を高めてくれるので、健康長寿に良いとされているんです。

困難に打ち勝つためのお守りにもいいんですよ」

しどろもどろにそう言う店主を、康夫は悲しい瞳で見つめた。すると康夫の気持ちを察したのか、店主はいっそう申し訳なさそうに肩をすぼめた。

「もちろん、それでご病気がよくなられるわけがないのは承知しています。あなたに残された時間がわずかだというのも……。だから、その、これはちょっとしたおまじないです。その残り少ない時間を、あなたが少しでも健(すこ)やかに過ごせるように。少しでもいいから健やかでいられたら、康典くんとの思い出も増やせるじゃないですか」

この店に足を踏み入れる前の気分のままだったら、康夫はきっと「人の気も知らないで。馬鹿にしているのか」と立腹していたことだろう。しかし優しく迎え入れてもらって、話を聞いてもらって、そして美味しいお茶を丁寧に淹れてもらえたからだろうか。店主のこの気遣いを「要らぬお節介(せっかい)」ではなく「心からの優しさ」であると、康夫は捉えることができた。

「あ、あの、私、またさしでがましいことをしましたよね。でも、康夫さんの〈強い願い〉をたしかに感じたので……。すみません……」

完全にうつむいて縮(ちぢ)こまる店主に、康夫は笑いかけて感謝を述べた。そしてグミをひと粒つまみあげると、口の中に放り込んだ。

グミは、市販されている固い食感のものよりもさらに固くて弾力があった。まるで、柔らかめのキャンディーをグッと噛んで歯が食い込むときのようだ。

　味はというと、見た目そのままだった。甘酸っぱくて、ほんの少しだけ鉄のような苦味のする柘榴である。ただ、花の蜜を使っているというだけあって上品な甘さがあった。それと、何となく後味の鉄風味が濃い気がした。

「見た感じよりも固いんですね。……うーん、ふうっと心が軽くなるような、優しい甘さと酸っぱさがいいですね。この甘さ、感じれば感じるほどに優雅な気持ちになっていくといいますか。でも、だからか、あとからやってくる苦味をとても強く感じるというか。——すごく、鉄です」

「そうでしょう？　だって、もともとは鉱物ですからね」

　おどけてウインクをする店主に笑顔でうなずき返すと、康夫はふた粒、三粒とグミを口に運んだ。不思議なことに、グミを噛めば噛むほど体のすみずみにまで血が巡っていく気がした。実際、冷たかった手や足の先がポカポカと温かくなった。そして、重くのしかかっていた何かがスウと消えていくような感覚を覚えた。

　皿に盛られたグミを食べ終えるころには暗く沈んでいた気分も晴れて、落ち込んでいるのが馬鹿らしいとさえ思えるようになった。

「顔色、よくなりましたね。土気色に痩けていた頬が、少しだけですけど赤らんでふっくらしてますよ」

「そうですか？　気持ちも、店に来たときよりもいくらかは楽になった気がします。――マスターさん、本当にありがとう」

　自分のことのように喜んでくれる店主に笑顔を返すと、康夫はそろそろ家に帰ることにした。しかし康夫が荷物をまとめて席を立っても、店主は康夫のそばから動く気配がなかった。

「そろそろ帰ろうと思いますんで、すみませんがお会計を……」

　不思議に思いつつ、康夫はそのように店主に声をかけた。するとさらに不思議なことに、店主は笑顔のまま「また今度でいいですよ」と言うのだ。グミの件もあっていよいよ不安になってきた康夫は少しだけ眉をひそめた。

「うちは、康夫さんみたいなお客様からは、お支払いを現金ではいただいていないんですよ」

「いやでも、次いつ来店できるかも分かりませんし、それって代金を踏み倒す人が出てきやしませんか？　ちなみに、何でお支払いをすればいいんです？」

　心配と窘めを混ぜたような、そんな声色と表情でそう言うと、康夫はありえないと言いたげに小さく首をひねった。店主は苦笑いを浮かべながら、それにうなずいて返した。

「みなさん同じことをお言いになるんですけれど、そこは心配していただかなくて大丈夫ですよ。ちなみに、お代は〈笑顔〉です」

「笑顔？」

「ええ。心の底からの、明るい笑顔をお代としていただいております。――いつかまた、お店にいらしてください。そのときは今日みたいな土気色じゃなくて、太陽か真ん丸お月さまかと見紛うくらいの明るい笑顔で。だから今は、どうぞご家族との時間のことだけをお考えくださいな」

　優しい笑顔をたたえている店主の言葉には、一切の迷いもなかった。背筋も真っすぐ綺麗に伸びていて、人を誑かしてやろうという雰囲気はひとつもなかった。――彼女がそう言うなら、きっと再び来店できるだろうし、そのときには愛想笑いではない本気の笑顔を彼女に見せることができるだろう。何故かは分からないが、康夫は不思議とそう強く信じることができた。

　康夫が店の出入り口まで移動すると、店主もあとをついてきた。扉の前で足を止めると、康夫は店主を振り返って笑った。

「グミ、ありがとうございました。あと、紅茶、本当に美味しかったですよ。あれはミルクティーにしても美味しそうですね。いつか、いただいてみたいなあ」

「そう言っていただけて嬉しいです！　じゃあ、次にいらしたときには、とびきりのミルクティーをお淹れいたしますね！」

嬉しそうに笑った店主のそれは、康夫が来店してから今までで一番の、眩しいほどのものだった。――自分もいつか、このように笑えるのだろうか。そんな思いを胸にいだきながら、康夫は「ぜひ」とうなずいた。そしてグミを食べるよう勧めてくれた男性にも礼を述べると、康夫は店をあとにした。

しかし、それから康夫が店を訪れることはなかった。何ヶ月経っても、何年経っても、康夫が笑顔で店の扉を押し開けることは決してなかった。
康夫が来店してから十二年ほど経ったある日、高校の制服に身を包んだ青年が店を訪れた。彼は店主が「いらっしゃいませ」と声を掛けると、小さくペコリと会釈をした。
とても賢そうで、ちょっと垂れ目なのが可愛らしい子だった。お客の一人である壮年の女性は彼を見るなり、明るい笑顔を浮かべた。
「康典くんじゃあないかい？　大きくなったねえ。お母さんがウチに顔をよく見せてくれていたときには、こ～んなくらい小さかったのにねえ！」

にこにこと笑いながら身振り手振りを交えて話しかけてくる女性を康典は怪訝な表情で見つめると、少し後ろに身を引きながら「どうも？」と小さくつぶやいた。そんな彼を、店主もまじまじと見つめていた。彼は店主に向き直ると、緊張した面持ちで何か言おうと口を開いた。しかし、彼が言葉を発する前に店主がああ、と驚嘆した。

「ああ！　あなた、もしかして、あの康典くん？　ずいぶん大きくなったわねえ！」

「店主さんも俺のこと、知っているんですか？」

戸惑う彼——康典に店主は笑顔でうなずくと、濡れた手を布巾で拭きながら返した。

「ええ。以前、あなたのお父様がご来店くださったときに、写真を見せて頂いて。——康夫さんは、あれからどうなさっているのかしら？　今もご健在？」

店主が小首を傾げると、康典は少しだけ顔をくしゃりと歪めてうつむいた。その様子だけで十分に、康夫がすでにこの世にいないということを店主は理解した。

肩を落とす店主に代わって、店の奥で珈琲をたしなんでいた初老の男性が康典に声をかけた。

「康典君、こちらにおいで。何か一杯、おごってあげよう。そしてよかったらだが、お父さんの話を聞かせてくれないかな。——私も、君のお父さんがこの店に来店したときにちょうど居合わせていてね。お父さんのこと、気になっていたんだよ」

康典は無言で男性に近づくと、向かい側の席に静かに腰を下ろした。そして目の端をちょいちょいと拭った。来店してすぐのあの顔をしかめた際に、少し涙ぐんでいたのだろう。店主が水の入ったグラスを目の前に置いてやると、康典は早速話し始めた。

「父は二年ほど前に亡くなりました」

まだ康典が幼かったある日、父・康夫は仕事から帰ってくるなりこのように打ち明けた。

「父さんな、実はもうじき死ぬんだ」

言葉とは裏腹な、穏やかな笑顔だった。むしろこの数ヶ月の中で一番元気なように見えて、そんな哀しい未来が待っているだなんて微塵も感じさせなかった。なので、康典はすぐにでも父がいなくなってしまうのだとは到底信じられなかったし、母も康典と同じように感じたそうだ。

別の病院で再度検査を、と言って聞かない母を納得させるために康夫は後日もう一度検査を受けた。するとどうだろう、手術可能という判断が下されたのだ。しかも、前の病院で宣告された「余命幾ばくで手術も手遅れ」というのは、どうやら誤診ではなかったらしい。つまり、奇跡が起きたとしか言いようがなかった。

康典が小学校に上がってすぐのころ、康夫は入院し手術を受けた。退院後は無理のない程度に働きながら、家族との時間を最優先に過ごしたという。一分一秒を慈しむように、毎日を丁寧に生きていたそうで、康夫の日々は幸せそうな笑顔で彩られていたらしい。

「でも、俺が高校に入学してすぐに病気が再発したんです。てっきり、手術で完全に治ったと思ってたのに。父は手術してから十年後の生存率が五分五分だって知ってたみたいで、特に驚いたり悲しんだりはしていませんでした」
そこで一旦言葉を切った康典の目は、みるみる涙でにじんでいった。泣くまいと堪えて目を真っ赤にしながら、康典はつらそうに顔をくしゃくしゃにして続けた。
「俺、父に言ったんです。『せっかく奇跡が起こって手術できたのに、結局治っていないんじゃあ意味がない。もしも神様がいるんだとしたら、中途半端にしか治してくれなかったその神様は、とてもケチくさくてひどいヤツだ』って。そしたら、父は『本当なら手術を受けたあの日にはもう消えていたかもしれない命のろうそくを、十年も灯し続けてくれたんだ。

こんなにありがたいことはない』って。『本当なら見られなかったはずの〈康典が新しい制服に袖を通す〉という風景も、おかげで二度も見ることができた。こんなに幸せなことはない』って。そう言って、すごくいい笑顔で笑ったんですよ」

耐えきれずにボロボロと泣き出してしまった康典は、勢いよくうつむくと制服の袖でぐじぐじと涙を拭った。そしてそのままポケットに手を突っ込むと、学生手帳を取り出した。その中からさらに、何やらを取り出してテーブルの上に置いた。——それは、康典たち家族の集合写真だった。

康典が父の病気再発について、康夫本人と話したという日からさほど経っていないときに撮ったのであろう。少し大きめのブレザーが、康典がまだ幼いというのを主張しているようだった。表情は、何やら釈然とせず怒っているようにムスッとしている。母は必死に微笑んではいたが、やはりどこか無理をしているようだった。

対して康夫は、太陽のように眩しくて健やかな笑顔を浮かべていた。体はやせ細って弱々しいのに、だ。まるで、命の灯火が最期の大見栄とばかりに力の限りを尽くして燃え盛っているようだった。

「すごく、いい笑顔ですね」

店主が涙ぐんでそう言うと、カウンターに置いてあるレジスターがチンと音を立てた。

不思議そうにカウンターを振り返って見る康典に、店主は小さく笑って穏やかに言った。

「今、お代をいただいたんです。あの夜、康夫さんがここでお茶をしたときのお代を」

康典は意味が分からずにポカンとしていた。すると、男性が写真をにこやかに見つめながら腕を組んだ。

「それにしても、本当にいい笑顔だな。とても幸せで、心残りも全くないという感じだなあ」

口を半開きにして呆(ほう)けていた康典は、みるみると顔をこわばらせた。そして来店当初の緊張を取り戻すと、申し訳なさそうに肩を落としながらも捲(まく)し立てた。

「そうだ、あの、俺、父の代わりにお代を払いに来たんです！　俺、父から〈不思議な喫茶店の話〉をたびたび聞かされてて、いつか一緒に行こうって誘われてたんです。この写真を撮った日にも『今から行こう。今日なら行ける気がする』って言われたんですけど、『これから入院するっていう人が何を言っているんだ。何かあったらどうするんだ』って、母と二人でとめたんですよ。でもそのせいで心残りができてしまったみたいで、入院する日に『この前撮った写真を持って、あの店に行って欲しい。きっと、あの写真ならお代になるはずだから』と頼まれて」

「あらまあ、そうだったの」

「『店主さんと来店の約束をしていた』って言っていたし、本当は自分で支払いに来たかったただろうに、俺がとめちゃったから。でもまさか、本当にお代を支払っていないとは思わなくて。しかも写真がお代になるとか意味分からないし、俺も気持ちに折り合いがつけらんなくて、気がつけば二年も経っちゃって……。――父にも店主さんにも、悪いことをしました。本当にすみません……」

康典は顔を真っ赤にして縮こまった。店主は優しく笑って「お気になさらないで」と声をかけたが、康典は背中を丸めて恐縮し、よりいっそう縮こまった。

男性は康典から店主へと視線を移すと、ニヤリと笑った。

「よし、康典くんにおごると約束した一杯、何にするのかを勝手ながら決めさせてもらったぞ」

「ミルクティーでしょう？　今、ご用意いたしますね」

男性が深くうなずくと店主は心得たと言わんばかりに笑みを浮かべ、ぴょこぴょこと飛ぶようにカウンターへと去っていった。

康典はこの春、遠くの大学の医学部に進学するという。父が体験したような奇跡が、可能であればそれ以上の奇跡が、ひとりでも多くの患者に訪れてくれるような。もしくは、最期のその日まで父のように笑顔で過ごせるような。そんな新薬を開発する研究医になりたいのだそうだ。

そんな大きな夢を語りながらミルクティーを飲んだ康典は、あの写真の父と同じ太陽のような笑顔で笑ったのだった。

第2話
過去を巡る思い出し
ローズマリー・ティー

荒々しく扉が押し開けられたのと同時に転がるように店に入ってきたのは、とても小さな女の子だった。突然のことに店主が目を丸くしていると、肩息をついていた女の子が小さく「ふえっ……」と声を上げた。

「あら、お嬢ちゃん。こんな夜にどうしたの？　お父さんお母さんとはぐれちゃいましたか？」

カウンターの内側から出てきながら、店主は心配顔で女の子に声をかけた。女の子――あいの瞳のすぐそばにはダムができていて、あいは〈お母さん〉という単語を聞いた途端、今にも溢れそうだったそれを勢いよく決壊させた。

盛大に泣きじゃくるあいの様子に、店主はおろおろとするばかりだった。そんな店主を見かねたお客のひとり――壮年の女性は席を立つと、あいに駆け寄って膝をついた。

「お嬢ちゃん、お母さんと何かあったのかい？　――あら、あいちゃんじゃあないかい」

「おばちゃん、あいのこと、知ってるの？」

あいは嗚咽を飲み込むと、女性を見上げてそう尋ねた。つり目で勝ち気な雰囲気の女性は精一杯目じりを下げると、優しく微笑んでうなずいた。女性は濡れそぼった頬をハンカチで拭ってやりながら、温かみのある落ち着いた調子でゆっくりとあいに話しかけた。

「ああもう、こんなにぐちゃぐちゃにしちゃって。可愛いお顔が台無しだろう。――さ、おばちゃんに話してごらん。お話したら、きっと気持ちも落ち着くからね」

女性はあいの両肩に手を置いてニコリと笑うと、あいの手をとった。そしてチラリと店主を見やると「ホットミルクでも用意してやって」と言い、あいを空いている席へと案内した。


店主はあいにホットミルクを勧めると、女性に向かってしょんぼりと肩を落とした。

「すみません、私まで取り乱してしまって。とても助かりました……」

「マスターは子供慣れしてないんだから、仕方ないさ。その点、あたしはプロみたいなものだからねえ。――ほら、あいちゃん。遠慮はいらないよ。フーフーしながらゆっくりお飲み」

店主に向かってカラカラと快活に笑ったあと、女性は改めてあいにホットミルクを飲むよう促した。あいは小さくコクンとうなずくと、おずおずとカップを抱え持った。

時折鼻をすすりながらミルクをコクコクと飲むあいを見つめながら、店主は女性に尋ねた。

「この子――あいちゃんはお知り合いの子なんですか？」

「ああ、うん。ほら、お母さんがね――」

あいは〈お母さん〉というワードに反応すると、目にいっぱいの涙を浮かべた。どうしたの、と店主が慌てて尋ねると、あいは再び火がついたようにボロボロと泣き出した。

「どうしてあいはもらわれっ子なの？　あい、きっと要らない子だったんだ！　だからきっと、お母さんもあいのこと要らなくなったんだあ……！」

店主と女性は必死にあいを落ち着かせようとあやした。その合間に、店主はチラチラと女性に目配せをした。どうしたらいいのか教えてくれと言わんばかりに、店主はすがるように女性を見つめた。

女性は困ったように苦笑すると、あいに優しく言い聞かせた。

「あのね、あいちゃん、あんたが要らない子だなんてことは全くないんだよ。だって、おばちゃんは知ってるからね。お母さん、ついこの前も『あいちゃんが無事に小学校に入学できてよかった。私の大事なあいちゃんが、学校でお友達をたくさん作れますように』って言ってたんだから」

「嘘だあ！　お母さんが大事なのはとーまだもん！　そんなこと言うはずないもん！」

「嘘じゃないよ。あんたのおうちの近くに〈八塚(やづか)のお稲荷(いなり)さん〉があるだろう？　おばちゃんもあそこら辺に住んでいてね、〈八塚さま〉のところでお母さんがそう言うのを確かに聞いたんだから」

「絶対そんなことない！　だってお母さんずっととーまのことばっかりで、あいのこと構ってくれないもん！」

聞く耳をもたず一向に泣き止(や)む気配のないあいに、女性はどうしたもんかと手をこまねいた。それ以上に、店主が困惑(こんわく)しきりだった。

女性は店主に目を向けると、言いづらそうに口ごもりながらもあいの発言の補足説明をした。それによると、あいの今の両親は不妊治療(ふにんちりょう)を断念し、まだ物心(ものごころ)つくかどうかだったあいを里子(さとご)として迎えたのだとか。しかし最近になって奇跡的に妊娠をし、男の子を出産したという。あいが言っていた〈とーま〉というのは、その男の子の名前である。

「とーまのお世話ばっかりで、お母さん、あいがお話ししても『あとでね』ばかりだもん！　お母さん、前に『あいにはもうひとりお母さんがいる』って言ってたけど、きっとそのお母さんはあいのこと要らなくなったから、あいをお母さんにあげたんだ！　でもとーまが生まれて、お母さん、あいのこと要らなくなったんだよ、きっと！　だから『あとでね』ばっかり言うんだー！」

店主が女性を見つめると、女性は口パクで「そんなことはない」と言いながら小さく首を振った。店主は小首を傾げてつかの間思案すると、いいことを思いついたと言うかのようにパアと表情を明るくした。

「ねえ、あいちゃん。自分の目で見たものだったら、あいちゃんは信じられる？」

あいは不思議そうに首を傾げながらも、小さくうなずいた。店主はニッコリと微笑むと、軽くポンと手を打ち鳴らした。

「じゃあ実際に、お母さんがあいちゃんのことをどう思っているのか、自分の目で見て確かめてみましょう。見ても分からない部分は、このおばちゃんに教えてもらいながら。――申し訳ありませんが、ご協力いただけますでしょうか？」

店主はあいから女性へと視線を移すと、不甲斐ないという体で肩をすくめた。女性が「いいよ、気にしなさんな」と笑うと、あいは好奇心で目をパチパチとさせた。

「そんなこと、できるの……？」

「ええ、お姉ちゃんに任せてくださいな！」

店主は胸に手を当て得意げにうなずくと、緩い三つ編みをぴょこぴょこと揺らしながらカウンターへと去っていった。

しばらくして、店主はお盆にティーカップを二客乗せて戻ってきた。ほんのりと色のついたお湯らしきものの入ったそれを見つめて不思議そうに目をしばたかせるあいに、店主は隣に腰掛けながらニヤリと笑った。

「お姉ちゃんにはね、魔法使いのお友達がいるんですよ。正確には、仙人(せんにん)なんですけれど。――そのお友達はハーブ園をやっていて、仙術(せんじゅつ)を使って薬草を育てているんです。これはそのお友達から分けていただいた〈魔法のかかった、特別なお茶〉なんですよ」

「お茶なの？　お湯じゃなくて？」

「ええ。ローズマリーという木の葉っぱでね、とても神秘的な力を持っているんです。『変わらぬ愛』とか『私を想(おも)って』という花言葉があるので、よく結婚式にも使われるんですよ」

あいはあまり理解してはいないようだったが、結婚式という言葉に目を輝かせて「素敵ね！」と頬を上気させた。

店主は笑顔でうなずくと、カップに手をかけながら続けた。

「他にも『記憶』とか『思い出』という花言葉があるんです。――見ててくださいね」

店主は持ち上げたカップを口元へと運ぶと、フーフーと少し冷ましてからひと口だけお茶を飲んだ。そして店主はゴクリと下がった喉元(のどもと)が元の位置へと戻ろうと上がるのと同時に、ぷっくりと頬を膨らませた。

　続いて、店主はポワッと口を開けた。すると煙のようなものがもくもくと立ち上り、そこに何やら映像が映し出された。

　――小さな覆屋のある、七つの曲がり角だ。

「この風景は、このお店のあるところの〈昼間の風景〉です。――あいちゃんはこの道のどれかを走ってここに来たんですけれど、分かりますか？」

　あいは驚きと興味で目を丸くしながらも、覚えていないと答えるように勢いよく首を横に振った。

　店主は一瞬ポカンとした表情を浮かべると、目線だけを女性客に向けた。女性は苦笑いを浮かべると、「もしものときは、あたしが送り届けるよ」と請け負った。

　店主は気を取り直すと、もう一度お茶を口に含んだ。

　次に映し出された風景は、蓮の花の咲く小さな沼地だった。

「これは、このお店のあるところの〈もっと昔の風景〉です。あいちゃんが生まれるずっと前は、こんな感じだったんですよ」

「すごい！　すごい!!　あいもやる！　どうやってやるの？　飲むだけでいいの!?」

「あいちゃんが覚えていなくても、見たことのある光景ならローズマリーが思い出させてくれますから。〈お母さん〉のことを考えながら飲んでみてくださいな。――まだ熱いから、フーフーしてくださいね」

あいは元気良くうなずくと、カップに顔を近づけた。そして観察するようにお茶を眺めると、スンスンと香りを確かめた。

「〈干し草のベッド〉みたい……。この前ね、遠足で牧場に行ったの。そこにね、干し草のベッドがあってね、お友達と寝転んで日向ぼっこしたの。そのときのにおいに似てる！」

「あら、そんな素敵な香りがするのかい？　どれ、マスターが実演用に持ってきたそれでいいから、あたしにもおくれ。――あれ？　これ、あたしがさっき食べてたハンバーグに入ってなかった？」

瞳をキラキラと輝かせながら、あいは一生懸命お茶をフーフーとしていた。その向かい側で、女性がカップを抱えたまま考え込むように眉間にシワを作った。店主はクスクスと笑うと、うなずいて答えた。

「ええ。ローズマリーは肉料理の香辛料としてもよく使われるんですよ」

「はあん、お店とご家庭の味の違いは香辛料なんだね、やっぱり。あたしも今度、香辛料そろえて本格的なの作ってみようかな……」

カップの中をのぞき込むように視線を落としたまま、女性は感心の声を上げた。その合間に、あいはしっかりとカップを抱え持ち、お茶に口をつけていた。

あいは逸る気持ちを抑えながら、おそるおそるコックリとお茶を飲み込んだ。そして頬をプウとふくらませると、勢いよく〈最初の思い出〉を吐き出した。


最初に映り込んだのは、手術衣をまとった男性だった。

彼はにっこりと微笑むと、どこかに向かって「お母さん、よく頑張りましたね」と言った。そのまま、あいは手術衣の女性に抱えられ、同じ部屋の中のどこかへと連れて行かれたようだ。

「これ、なあに？　あい、こんなの知らないよ？」

「これは、あいちゃんが生まれてすぐの思い出みたいだね。多分、さっきのおじさんはお医者さんで、こっちのお姉さんは助産師さんだ。今、あいちゃんは体を拭かれているみたいだねえ。そろそろ、お母さんが出てくると思うよ」

あいは不思議そうに〈思い出〉を見上げてポカンとしていた。

覚えていない記憶を見ているからだろう、〈自分の思い出である〉という実感が持てずに、女性客の説明を聞いても顔いっぱいにハテナを描いていた。

少しして、映像に変化が起きた。助産師があいを抱きかかえて、また部屋の中を移動したのだ。助産師はすぐに立ち止まったが、それと一緒にあいの見ていた景色が動いた。

元気な女の子ですよ、と助産師が言うのと同時にあいが目にしたのは、少しやつれた女性だった。〈あいと目を合わせ、嬉しそうに涙を流す女性〉を眺めながら、あいは素っ頓狂な声を上げて驚いた。

「サンタさんだ！　あい、このおばちゃん知ってる！　サンタさんだよ！」

「サンタさん……？」

「うん、そう！　でも、さっき、おばちゃん、『そろそろ、お母さんが出てくる』って言ったよね？　てことは、このおばちゃんがあいの〈もうひとりのお母さん〉なの⁉」

あいは興奮した面持ちで女性客を「そうなの？」「なんで？」と質問攻めにした。

女性が答える隙なく困っていると、あいは急ぐようにカップを手に取りお茶をひと口飲んだ。女性はそのまま口をつぐむと、あいの様子を見守ることにした。

次に浮かび上がった〈思い出〉は、あいが生まれてから数ヶ月ほどのようだった。

あいは優しそうな初老の女性に抱かれているようで、おばあちゃんのどアップと〈サンタさん〉とが交互に映り込んだ。〈サンタさん〉は最初に見たときよりも心なしか痩せているようだった。

まずは体を治して、と気遣ってくれるおばあちゃんに、〈サンタさん〉は泣きながら「いつか必ず迎えに来ますから」と頭を下げていた。

その光景を目にしたあいは、すぐさまジッと女性客を見つめた。説明をしてほしいと態度で訴えかけてくるあいに、女性は懐かしそうな悲しそうな、そんな表情を浮かべて応えた。

「これはね、おばちゃんもよぉく知っているよ。〈あいちゃんのサンタさん〉はね、事情があってひとりであいちゃんを育てなくちゃならなくなったんだけど、病気にかかってできなくなってしまったんだ」

「病気？　お風邪をひいたの？」

「違うよ。もっと、ずっと治らないやつさ。だから、ひとりではどうしようもなくなって、それであいちゃんを施設に預けることにしたんだよ。決して、あいちゃんが要らなくなったからじゃあないんだよ」

「やっぱり、サンタさんがあいの〈もうひとりのお母さん〉だったんだ……」

映し出された〈思い出〉の中の〈もうひとりのお母さん〉を一心に見つめながら、あいはぼんやりとつぶやいた。

女性客は小さくうなずきながら、悲しそうに声を落とした。

「〈もうひとりのお母さん〉は『早く元気になって、あいちゃんを迎えに行けますように』

と思っていたんだけれど、良くなる兆しがあまり見えなくてね。それで、断腸の思いであいちゃんを里子に出したんだよ。あいちゃんには、温かい家庭の中で育って欲しかったみたいだから」

「だんちょうのおもい？」

「悲しくて悲しくて、悲しすぎてね。まるで、おなかの中がはさみでジョキジョキに切られちゃったみたいに、おなかも心も痛くてたまらないようなことをそう言うんだよ。――お茶を飲んでごらん。そろそろ〈お母さん〉が出てくるころじゃあないかな」

　あいは不安そうにうなずきながら、おそるおそるお茶を飲んだ。飛び出してきた〈思い出〉には、両親と〈もうひとりのお母さん〉が映し出されていた。

〈もうひとりのお母さん〉は今までで一番痩せ細っていて、ボロボロと泣きながら「駄目なママでごめんね、あいちゃん」と声を震わせた。〈お母さん〉は〈もうひとりのお母さん〉の両肩を掴むと、〈もうひとりのお母さん〉を叱りつけた。

「あなたが〈駄目なママ〉なんてことは、これっぽっちもありませんから！　気をしっかりと持ってください！　あなたは〈ママ〉をやめたわけではないんですから！」

　あいは今にも泣きそうな顔つきで「〈もう一人のお母さん〉は、サンタさんじゃなくて〈ママ〉……」とつぶやいた。そして女性客を見つめると、小さくポツリと、消え入りそうな声で尋ねた。

「どうして、お母さんはママに怒ってるの？　ママは悪いことをしたの……？」

女性は遠慮がちに笑うと、そうじゃないよ、と落ち着いた調子で優しく言った。

悲しげにゆらゆらと瞳を揺らすあいに、女性は困ったように唸りながら視線をさまよわせた。

しかしすぐに、腹をくくったかのように小さく嘆息すると、女性はゆっくりと話し始めた。

「この世の中にはね、あいちゃんみたいに施設に預けられる子は意外といるんだよ。そして

ね、残念だけれど、子供を迎えに行かなければ会いにも行かないお母さんも意外といるんだ。

〈ママ〉であることをやめちゃうのさ。――でもね、事情があってすぐに迎えには行かれな

い、会いに行くことも叶わないけれど、必死に〈ママ〉であろうとする人もいる。あいちゃ

んのママは、そんな〈必死に頑張っている人〉の一人なんだよ。ママは一生懸命頑張ってて、

あいちゃんのことを大事に思ってて、愛してやまないんだってことを、それを知っているか

ら、お母さんはママに『あなたは駄目じゃない』と励ましているのさ」

「〈ママ〉をやめたわけじゃないって、どういうこと？　ママはまだ、あいのママなの？」

「そうだよ。頑張ってもどうにもならなくて、嫌だけどしかたなく〈ママ〉であることをや

める人もいるんだけれどもね。あいちゃんのママは何が何でも〈ママ〉であることをやめた

くなかったんだ。お母さんも、そんなママを応援したいと思ったんだ。ふたりとも、理由は違えど〈立派なお母さんになりたいけれど、なれない〉という点では同じだったからね。だからお母さんはママに『ふたりで一緒に〈立派なお母さん〉になろう』と提案したんだよ」

あいは難しい顔を浮かべていたが、「自分は要らない子ではないんだ」ということは理解できつつあるようだった。

あいは無言でカップを手に取ると、何度もお茶を口に運んだ。

次々と浮んでは消える〈思い出〉の中にママは現れなかったが、その代わりに常に笑顔のお母さんでいっぱいだった。

お母さんは時折、カメラを構えてあいのことを写真に収めていた。

懸命にミニアルバムを作るお母さんにあいが「これ、なあに？」と尋ねると、お母さんはニッコリと笑って答えた。

「あいちゃんのことをとても大切に思っている人にも〈今のあいちゃん〉を見てもらえるように作っているのよ」

あいは何故かしょんぼりと肩を落とした。店主と女性客は「どうしたの？」と声をかけようとしたのだが、言い切る前にあいがカップに口をつけた。現れた〈思い出〉はつい去年のクリスマス前のものだった。

この〈思い出〉には久々にママが登場した。ママはお母さんに何かを手渡していて、そこにあいは出くわしたのだ。母たちはギクリと頬を引きつらせたのだが、あいは気にすることなく興奮気味に声を張り上げた。

「サンタさんだ！　おばちゃん、サンタさんでしょ⁉　それ、あいのクリスマスプレゼントなんでしょ⁉」

「サンタさんは赤い服を着たおじいちゃんだし、サンタさんがプレゼントを持ってきてくれるのはクリスマスでしょう？」

「違うよー！　だってこの前、お街でサンタさん見たもん！　サンタのお兄さんが『ケーキのごよやく、いかがですか』って言ってたもん！　それに、お母さん、前に『あいがお誕生日にふたつプレゼントをもらえるのは、サンタさんが用意してくれるから』って言ってたでしょう？　だからサンタさんはおじいちゃんだけじゃないし、クリスマスじゃなくてもサンタさんは来るし、このおばちゃんもそうなんでしょ⁉」

「あのね、本当は違うのよ。このおばちゃんはね――」

お母さんは必死に、あいに何かを伝えようとしていた。しかしママは笑顔でそれを遮ると、あいの顔をのぞき込むようにしゃがみ、あいの頭を撫でた。

「そうよ、おばちゃんはサンタさんなの。今ね、あいちゃんへのクリスマスプレゼントをお母さんに預けていたところなのよ」

あいはいっそう、しょげかえった。

映像内のママのバッグの中に〈お母さんが作っていたミニアルバム〉と〈もらったばかりらしい薬の袋〉が入っているのを見てとった女性客は、優しくあいをフォローした。

「ママがあいちゃんのサンタさんだってのは、本当のことだよ。いつもは体調が悪くて自分でプレゼントを届けらんないから、お母さんがアルバムを渡しがてらママのところに取りに行っていたみたいなんだけれど。去年は体調がよかったから、病院の帰りに渡しに来たんだろうね」

「だったら、あいのママだって教えて欲しかった……」

「あいちゃんが『もうひとり、お母さんがいる』って教えてもらったの、今年に入ってからだろう？　たしか、ランドセルを買いに行く前だったよねえ。『もうすぐ小学校に通うくらいお姉さんになったから、大切なことを教えるね』ということでさ」

「うん、『〈もうひとりのお母さん〉と三人でランドセル買いに行こう』って言われた……。でも『お母さんの子じゃなかった』っていうのが悲しくて、嫌だって言っちゃったの。知ってたら、嫌って言わなかった。サンタさんだって言わないで、ちゃんとママだって教えて欲しかった……」

「あいちゃんはそのとき、まだママのことを知らなかったんだもの。いきなり名乗り出て驚かせたくなかったんじゃないかい？　誕生日もクリスマスも全部サンタさんのおかげにしていたのも、そういう理由からだろう」

　あいの顔はみるみる泣き顔へと戻っていった。完全にうつむくと、あいは涙をポタポタと落とした。

　あいの心情を知ってか知らずか、女性はまるでトドメを刺すように続けて言った。

「おばちゃんさ、お母さんがついこの前、『あいちゃんが無事に小学校に入学できてよかった。私の大事なあいちゃんが、学校でお友達をたくさん作れますように』と言っていたのを聞いたって言っただろう？　あれね、お母さんもママも、ふたりともが言っていたことなんだよ」

「うわあああん、どうしようー！　あい、本当は〈とーまは赤ちゃんだから、つきっきりでお世話しないと駄目〉って知ってたの！　なのに、お母さんにひどいこと言っちゃった！『あいのこと、要らないんでしょ』って言っちゃったー！　ママにもひどいこと言った！『〈もうひとりのお母さん〉だって、あいのことなんて要らなかったんでしょ』って、お母さんに言っちゃったの！　ママが知ったら、きっと泣いちゃうー！」

堰を切ったように泣き出したあいを、女性は優しく諭した。

「きちんとごめんなさいして、大好きとありがとうをちゃんと伝えれば、お母さんは許してくれるよ」

「でも、もう本当にあいのこと要らなくなっちゃったかも！　だって、あい、本当にひどいことを言っちゃったんだもん……！」

あいは泣き止む気配を見せなかった。店主はあいの肩に手を置くと、あいの顔をのぞき込んで微笑んだ。

「あいちゃんは〈思い出〉を振り返ってみて、〈お母さん〉のことをどう思いましたか？　あいちゃんが知っていたお母さんたちは、あいちゃんが謝っても許してはくれないような人だったでしょうか？」

あいは力いっぱい首を横に振った。そんなあいを見て、店主はいっそうニッコリと笑みを浮かべると、あいの頭を撫でながら返した。

「じゃあ、もうおうちに帰りましょう。今ごろ、お母さんはあいちゃんのことが心配で気が気じゃないはずですもの。そして、きちんと謝りましょうね」

あいが力強くうなずくと、女性客が嬉しそうにニッと笑った。送ってあげるよ、と言って席を立つ女性に誘われて、あいもよじよじと椅子から下りた。

あいは店の扉の近くまで移動すると、急に立ち止まってもじもじとした。どうしたの、と店主が尋ねると、あいは女性客を見上げて言った。

「あのね、おばちゃんね、あいのことも、お母さんやママのこともたくさん知ってて、いっぱい教えてくれたから、どうしてなのかなって。まるで、神様みたいだなって」

女性は答えることなく、ただニヤリと笑い返した。あいはそれだけで満足したようで、嬉しそうに笑いながら「ありがとう、おばちゃん」と言った。

今度は店主を見上げるとはにかみながらペコリとお辞儀した。

「お姉ちゃんも、ありがと――」

「あい‼」

　あいが礼を述べている最中に、叫ぶような呼び声とともに扉が押し開けられた。あいが驚いて振り向くと、そこにはお母さんが立っていた。顔面蒼白（そうはく）だったお母さんはあいの無事な様子に安堵したのか、ドッと涙を溢れさせながらあいに抱きついた。

「良かった……！　無事だった……！　あいー……、よかったあ……！」

　突然のことにあいがポカンとしていると、なんとママまで現れた。フラフラに倒れそうになりながら、ママは蚊の鳴くような細い声で「あい、よかった……」とつぶやいた。その声はお母さんにも届いていたようで、お母さんは慌ててあいから離れると土下座せんばかりに頭を下げた。

「私が至らないばかりに、本当に申し訳ありませ――」

「なんでお母さんもママもここにいるのー！」

　お母さんの言葉を遮るように、あいは大きな声で泣き出した。

　突然〈ママ〉という単語をあいが口にしたことに母たちは面食らって目を丸くしたが、気を取り直すとお母さんが代表して「ふたりで手分けしてあいを探していたのよ」と説明した。

　あいは涙で顔をぐしゃぐしゃにすると、矢継（やつ）ぎ早（ばや）に何で、どうしてと続けた。

「あい、ひどいこと言っちゃったのに何で⁉　とーまは⁉　どうしてーっ⁉」

「お母さん、あいがいなくなったら悲しくて生きていかれないもの！　冬馬はおばあちゃん家にいるから、心配しないで大丈夫よ」

「ママはご病気なんでしょ⁉　なのに、あい、ママを走らせちゃった！　あいは悪い子だ！」

「そんなことないわ。ママは病気よりも、あいがいなくなることのほうが苦しくてつらいの。だから、あいが無事に見つかって本当によかった……！」

お母さんもママも、あいのそばに膝をつくと、あいの肩に優しく手を置いた。あいは母たちを交互に見つめたが、どんな表情をしているのかぼんやりとして見えなかった。そのくらい、あいはたくさんの涙で顔を濡らしていた。

あいは手の甲でグジグジと涙を拭った。しかし、あいの視界はすぐさま涙で遮断された。

――母たちが、とても優しく微笑んでいたからだ。

「ごめんなさいーっ！　お母さんのこと、本当は嫌いなんかじゃない！　大好きなのー！　ママも、ランドセル一緒に買いに行くの嫌って言っちゃってごめんなさい！　あい、サンタさんがママだって知らなかったの！」

あいは母たちの首に抱きつくようにしがみつくと、ごめんなさいとありがとう、そして大好きを連呼した。あいを抱きしめ返すと、母たちもあいと同じ言葉を繰り返した。

あいはお母さんとママに挟まれて、どちらとも手を繋いで笑顔で帰っていった。

母たちの手を大切そうにギュウと握りしめて店をあとにするあいを見送るように、レジスターはチンと音を立てたのだった。

第3話 旅立ちの日の晴れやかホットココア

　雨の晩のことだった。ザーザーという雨音にまぎれて、何か音がしたのを店主はたしかに聞いた。店の扉を押し開けてみると、そこに彼がいた。

「こんばんは、かわづさま。お邪魔してもよろしいですか？」

「あら、こんばんは。お久しぶりねえ。もちろん、どうぞ。——でもその前に、体を拭かないと。あなた、びしょびしょだわ。せっかくの巻き毛が台無しじゃない」

「おや、これは失敬」

　彼はにっこりと笑うと、濡れそぼった体から水気を払おうと試みた。だが、払われた水がうっかり店主の服を濡らしただけで、彼は水を滴(したた)らせたままだった。年老いた彼には水気を払うことすら労力のいることで、上手(うま)い塩梅(あんばい)にいかなかったのだ。

　申し訳なさそうにうなだれる彼に店主は笑いかけると、少しお待ちになって、と言ってカウンターの中へと戻っていった。

「いやはや、本当に申し訳ない……」

戻ってきた店主にタオルで拭かれながら、彼は小さく縮こまった。店主は優しく首を横に振りながら、にっこりと微笑んで言った。

「本当に、気にしないでいいのよ。それにしても、珍しいわね。こんな時間に、あなたがひとりで出歩くだなんて」

心なしか寂しそうな笑顔で店主を見上げると、彼は何かを言おうとした。すると、奥の席にいたはずのお客がふたり、彼に近づいてきて声をかけた。

「おや、君、久しぶりだね。最近とんと姿を見なくなったけれど、もう元気になったのかい？」

「あら、久しいわねえ。ここしばらく姿を見ていなかったけれど、具合でも悪かったのかい？」

ふたりのお客――初老の男性と壮年の女性――は、真逆のことを言ったお互いの顔を不思議そうに見合った。店主は首を傾げてふたりに尋ねた。

「おふたりとも、彼とお知り合いなんですか？」

「水瀬さまのお宅は僕の通っていた病院のすぐ近くで、八塚さまのお宅は僕の散歩道沿いにあるんですよ」

ふたりの代わりに、彼が店主の問いかけに答えた。そして彼は小さく笑うと、ポツリと続けて言った。

「ここでおふたりにもお会いできてよかったです。——僕、遠くへ旅立たねばならなくなったんですよ。だから、その前にご挨拶ができて本当によかった」

ああ、どうりで……。——水瀬と八塚は声を揃えてそう言うと、しんみりと肩を落とした。しかし彼は先ほどの寂しげな笑顔とは打って変わって、人懐こい笑みを浮かべていた。そして店主に向き直ると、彼は期待に満ちた面持ちで尋ねた。

「僕ね、旅に出る前にどうしても飲んでみたいものがあるんですよ。ここでなら、絶対に飲めると思いましてね」

「ええ、任せてちょうだいな。でもあなたには毒なものがきっと多いから、少し準備をしましょうね」

店主は立ち上がると、ぴょこぴょことカウンターの中へと戻っていった。少しして、うずくまってカウンターの内側の棚を漁っているらしい店主が情けない声を上げた。

「やだあ……。どこにいっちゃったんだろう……。たしかにここにしまっておいたはずなのに……。私の小さな、蓮の葉っぱ……」

「珍しいね。失せ物探しが得意なマスターがなくし物するだなんて。——ほら、あたしの睡蓮、貸してあげるよ」

　そう言って、女性——八塚はポケットから手のひらサイズの睡蓮の葉っぱを取り出した。店主は立ち上がって恥ずかしそうに顔を赤らめると、それを受け取りながらしょんぼりとうつむいた。

「これは私が受けた注文ですのに……。八塚さま、お手を煩わせてしまって申し訳ございません」

「いいんだよ。それに〈常連が店主の手助けをする〉なんて、普通にあることだろう？」

　店主は苦笑いを浮かべてお礼を言うと、カウンターから出てきて睡蓮の葉を彼の頭上に振りかざした。するとたちまち、彼の身に不思議なことが起こった。彼は自身の手や体をしげしげと眺めながら、今起こったできごとに心底驚いた。

　店主は気を取り直して笑顔を浮かべると、彼を席に案内した。椅子に腰掛けながら、彼は小さくつぶやいた。

「本当にすごいなあ……。まるで、夢を見ているかのようだ……」

　彼は心なしか震えており、頬も上気していた。きっと興奮が冷めないのだろう。

　店主は彼の目の前に水の入ったグラスを置くと、おどけた笑顔で小首を傾げた。

「さて、お客様。ご注文はいかがいたしましょう？」

「お客様だなんて、なんだか照れくさいなあ……。――では、ココアを。元気が出る、気持ちが晴れ渡るような美味しいココアをお願いできますか？」

彼の注文を聞いて、店主は「ああ、なるほど」という顔でうなずいた。各々の席に戻っていた水瀬と八塚も納得の表情を浮かべた。

すぐにご用意しますから、とカウンター内に店主が去っていってすぐ、彼は落ち着きなさげにそわそわとした。水瀬はにっこりと笑みを浮かべると、彼に声をかけた。

「やはり、その姿は落ち着かないかい？」

「水瀬さま、違うよ。彼はココアが待ち遠しくてしかたがないのさ」

ニヤリと笑う八塚に水瀬が同意を込めてうなずき返すと、彼が照れくさそうに口を開いた。

「ココアはね、真由美の大好物なんですよ」

真由美というのは彼の大切な家族のひとりだ。そして、悲しいときや落ち込むことがあったときに彼女が飲んでいたのがココアなのだそうだ。もちろん、嬉しいときや楽しいときにも彼女はココアを飲んでいた。彼女にとってココアは活力剤であり、褒美のようなものでもあった。

「悲しいことがあっても、真由美はそれをおくびにも出さずにニコニコとしているんですよ。だから、彼女のことを『強い子だ』と思っている人も多いんじゃあないかな。でも、本当はすごい泣き虫なんです。部屋にひとりきりになると、すごい泣く。私はそんな彼女のそばに行って、よく寄り添ったもんです。私が彼女に対してできる慰めは、そのくらいしかなかったから。それで、たくさん泣いたあとはココアを作って飲んで、元気な笑顔に元通り。笑いながら『やっぱり、ココアは私に元気をくれるね』って言うんですよ」

目尻を下げて懐かしそうに、彼はゆったりと語った。その合間、カウンターのほうから何やらガタガタとうるさい音がしていた。八塚は眉をひそめると、カウンターに視線を投げた。

「ちょいと、マスター。今日は本当に、あんたらしくないねえ。今、彼が素敵な思い出話をしてくれているってのにさあ……」

「ごめんなさい。でもせっかくだから、作るところからやっていただこうかなあと思いまして」

そう言って店主が彼のもとに持ってきたのはカセットコンロだった。店主は苦笑いを浮かべると、肩をすぼめて気恥ずかしそうに続けた。

「真由美さんは自分でココアを作ってお飲みになっていたんでしょう？　だったら彼女と同じように自分で作って飲んだら、いい思い出になるんじゃあないかなと思いまして」

「すごいなあ！　まさかそんな素晴らしい体験をさせてもらえるだなんて！」

席についたとき以上に、彼は目を輝かせて興奮した。喜びを爆発させる彼の姿に安堵（あんど）したのか、店主は胸を撫で下ろすとニッコリと笑って返した。

「うちのカウンター内キッチンは、二人で並んで立つには狭すぎますから。それでカセットコンロの出番というわけなんですけれど、年に数回しか使わないでしょう？　だから、奥にしまい込んでいて。うるさくしてすみませんでした」

「ああ、お祭りの打ち上げとかで鍋やるときくらいだものね。……やるねえ、マスター」

八塚に褒められて、店主は嬉しそうに相好を崩した。そのまま店主はカウンターへと戻っていき、ココアと砂糖、牛乳、それから手鍋を運んできた。それらを、まるで宝物を眺めるような目で見つめる彼に、店主は力強く言った。

「さあ、作りますよ！　元気が出る、曇った気持ちも晴れ渡るような美味しいココアを！」

まず、手鍋にココアと砂糖をスプーン一杯ずつ入れる。そこに少量の牛乳を入れて、滑らかなペースト状になるまで練る。――彼はココアを手鍋に入れるべく、笑顔で缶を手にとった。
「ああ、これは真由美がいつも飲んでいるのと同じものだ」

彼は感動してつぶやくと、慣れない手つきで缶を開けた。そして粉が牛乳に溶けていき、白い液体が茶色く染まっていくのを楽しそうに見つめながら、美味しくできますようにと祈りを込めてココアペーストを練った。

次に、練り上がったら手鍋を火にかけ、少しずつ牛乳を入れ、ペーストが牛乳に馴染むようにしっかりとかき混ぜる。――「大丈夫かな？　……大丈夫ですか？」と繰り返し店主に尋ねながら、彼は緊張した面持ちで鍋と向き合った。彼のドキドキが伝わったのか水瀬も八塚もギュウと両拳を握り、固唾を呑んで彼を見守った。

最後に、沸騰寸前で火から鍋を下ろし、カップに注ぎ入れる。――完成したココアを目の前にして、彼はひっそりとつぶやいた。

「これがココアか……」

「熱いから気をつけて、フーフーしてから飲んでね」

片づけるものたちをトレーの上にまとめながら、店主は彼に注意を促した。しかし時すでに遅しだったようで、彼はビクリと身を縮こまらせながら「あつッ！」と叫んだ。

店主は慌てて水を勧めると、トレーとともに飛ぶようにカウンターへと去っていき、水差しを持って戻ってきた。グラスに追加された水も飲み干すと、彼は目の端に涙を浮かべて苦笑した。

「そう言えば、真由美もフーフー冷ましてから飲んでいましたっけ。……駄目だなあ、年をとると忘れっぽくなるんだから」

舌に帯びた熱と心を落ち着かせると、彼は再びカップを手に取り、慎重に口の中へとココアを流し込んだ。ひとくちゴクリと飲み込んで満足そうにフウと鼻から深く息を吐くと、愛情に溢れた笑みを浮かべた。まるでココアの先に真由美がいるかのような、そんな笑顔だ。

「これがココアか……。熱が体の隅々にまで広がっていって、甘みが胸の奥でじんわりと燃えるようで。たしかに、これは元気が出るなあ。憂慮を祓って、幸せを倍増させてくれるのもうなずけますよ。――これが、真由美の大好きなココアの味かあ……」

感極まり胸がいっぱいとでもいうかのように、彼はひとくちココアを飲んでは至福の息を漏らした。

彼は大切そうに、慈しむように、少しずつココアを飲んだ。飲みながら、再び家族たちの話をした。大好きな人たちのことを語る彼は、とても幸せそうだった。

最後に、彼はもう一度真由美について話した。彼女は何ヶ月か前に、お付き合いをしている方からプロポーズされたそうだ。

「ココアを飲みながら、幸せそうに私に言ったんですよ。『結婚式には絶対に出てね』とね。ココアが熱かったからか、それとも照れくさくてしかたがなかったのか、耳の先を赤くしてねえ。――それから少ししてから、私の病院通いが増えまして。そのせいで、日に日に、真由美は悲しい表情を隠せなくなっていって。ココアを飲むこともなくなってきて。ハレの日が近づいてきているというのに、私のせいで暗い顔ばかりにさせてしまいました」

彼はカップを置くと、少しばかり悲しげに笑った。そしてつかの間、残りわずかとなったココアに視線を落とすと再び頭を上げた。――申し訳なさそうな、無理に明るく振る舞ったような笑顔を浮かべて。

「きっと私がいなくなっても、美味しいココアを飲んで前を向いてくれますよね、真由美なら。――ああでも、彼女の願いを叶えてあげたかったなあ」

彼は最後のひとくちを呷るように飲み干した。天井を仰ぎ見て大きなため息をついたが、しばらくして前に向き直った彼の表情は一転して晴れやかだった。

そろそろおいとまを、と彼が席を立ち店主やお客たちに感謝を述べていると、新たなお客がひとり店に入ってきた。

スーツ姿のその女性は派手に転んだのか、膝を擦りむいていて、ストッキングが破れてしまっていた。顔は涙でぐしゃぐしゃで目も真っ赤だし、長い髪もボサボサになってしまっている。彼女の姿に店中の人々が驚いて目を丸くしている中、彼だけは心配そうに血相を変えて彼女のもとへと飛んでいった。

「ああ、ああ……。真由美、そんなボロボロの姿でどうしたんだい？　——ああそうか、私のせいだね」

濃茶のパーマ髪がとても豊かな、見も知らぬ老人がいきなり自分の名前を呼んだことに女性——真由美は戸惑った。すると老人——彼は「どうか、泣かないでおくれ」と言いながら真由美を抱きしめ、そして彼女の肩におずおずとあごを置いた。

「きっと、またすぐに会えるさ。だから、泣きやんでおくれ。——結婚式、出られなくて本当にすまない。どうか、お幸せに」

あやすように彼女の背中をポンポンと軽く叩くと、彼は彼女から身を離してにっこりと微笑んだ。彼女は息を飲んで目を見開いたが、あまりの衝撃で何も言えずにいるようだ。唇を震わせて、大粒の涙をひと粒ふた粒と静かにこぼすのがやっとだった。

彼は近づいてきた店主を振り返ると、満面の笑みを浮かべて言った。

「かわづさまのお足元でお昼寝させていただいた日々は、とても幸せでした。最後に願いまで叶えていただいて……本当に、お世話様でした」

レジスターの立てる音とともに会釈をすると、彼は真由美の横をすり抜けて店の扉を押し開けた。

固まったまま動けなくなっていた真由美は、店に入ってきた冷たい風にうなじを撫でられてようやく我に返った。

慌てて彼のあとを追い開け放されたままの扉に駆け寄った真由美が目にしたのは、先ほどの老人ではなくココア色の巻き毛が愛らしいトイプードルの後ろ姿だった。

トイプードルは空に向かって勢いよく駆け出した。真由美は懇願するように声を張り上げた。

「ココア、待って！　行かないで!!」

必死に呼び止めたが、ココアは止まってくれなかった。どんどんと遠ざかっていく愛犬の姿に手を伸ばして、真由美は何度も彼の名前を呼んだ。しかし振り返ることなく空へと昇っていく彼を求めるのをやめると、伸ばしていた両手を口元に持っていきメガホンのようにあてがった。

「ココアー！　今までありがとう！　大好きだよー!!」

体を折って絞り出すようにして、最大級の大声で真由美はそう叫んだ。するとココアは少しだけこちらのほうに戻ってきて、くるりと身を翻してワンと鳴いた。まるで「私もだよ」

と答えているかのようだった。

ココアが雨上がりの晴れ渡った空に溶けて星のひとつに姿を変えると、真由美はその場で泣き崩れた。ひとしきり泣いて、店主に支えられながら空いている席に移動すると、そこでもまた彼女は泣き出してしまった。――彼が今まで座っていただろう席に置いてあった空のカップを見て、彼がココアを飲んだのだと察したからだ。

真由美は落ち着きを取り戻し、店主に勧められてお水を少しばかり飲むと、うつむいたままポツリポツリと話した。

「ついこの前、お医者様から『もうココアは長くはもたないかもしれない』と宣告されてしまって。でも、最近は具合も落ち着いているようだったから、まだまだ元気でいてくれると思っていたんです。なのに……仕事中に、母から『ココアが亡くなった』とメールをもらって。今朝、行ってくるねって撫でたら頭を擦りつけ返してくれたのに、それなのに、もうココアはいないんだって……。最期は絶対に看取(みと)りたいって思ってたのに、それも叶わなくって……」

真由美が母から連絡をもらったのはお昼前だったそうで、おかげで彼女は昼食が全く喉を通らなかったどころか、何を食べたかさえ思い出せないという。

そして本当はすぐにでも帰ってきたかったのだが、穴の開けられない案件があり帰宅することは叶わなかったのだとか。

仕事を終え帰路につき、家までの距離が縮まっていくに連れ、彼女は涙で前が見えなくなった。

——会社に結婚の報告をしてすぐにいっそ寿退社していたら、ココアを看取れたんじゃないだろうか。そんなことをぼんやりと考えながら歩いていたら、不注意でつまづいてしまったという。しかしストッキングが破れてしまうほど派手に転んだというのに、心の痛みのほうが勝っていて膝は全然痛まなかったそうだ。

「このまま帰ったら、ココアがいなくなってしまったことを受け入れなくちゃいけないっていうのも、ものすごくつらくて。もしかしたら母からの連絡は悪い冗談で、かわづさまの覆屋に行けば昼間にひなたぼっこしにきたまま、そこでまだ寝ているんじゃないかなって。そう思って、家を通り過ぎてそのまま七曲りの交差点に来てみたんです。そしたら、何故か全然、覆屋に辿り着けなくて。気がついたら、知らない喫茶店に着いていて。そのまま家に帰るのもつらかったから、現実逃避しようと思って、お店に入ってみたんですけれど——」

真由美はそこで口を閉ざすと、ズッと鼻を鳴らして涙を拭った。そして、小さな声でココアを頼んだ。


真由美はカップを両手で抱え持つと、アツアツのココアに息を吹きかけて冷ました。ひとくち飲み下すと、そっとカップを置いてポツリと言った。

「ココアはうちに来たときから今までずっと、私の太陽でした。私を元気にしてくれる大好きなココアと色が一緒だったからココアっていう名前にしたんですけど、犬のココアは飲み物のココアと同じ……ううん、それ以上に私を笑顔にしてくれました。悲しいとき、ココアは座り込む私の太ももも辺りにあごを乗せてきて、そっと寄り添ってくれました。嬉しいときもすぐ隣にいて、喜びを何倍にもしてくれました」

真由美は小さくフウと息をつき、肩の力をストンと落とした。そして意を決したかのようにキュッと口を結ぶと、カップを持ち直してゴクゴクとココアを飲み始めた。その様子を、店主もお客も心配そうに見守っていた。

ココアを綺麗に飲み干すと、真由美はうつむいていた顔をようやく上げた。

「最期まで私の心配をしてくれるだなんて、本当にココアは優しい子……！　最期のお別れができるだなんて思ってもみなかったから、お見送りができて本当によかった……！　大好きって、もう一度言えて嬉しかった……！」

真由美は感謝に満ちた笑顔を浮かべたが、しかし、彼女の目じりにはすぐさま溢れんばかりの涙が溜まり、ポロリポロリと落ちていった。

「でも、やっぱり、もう少しだけ一緒にいたかったなあ……！」

真由美は目をギュッとつぶってうつむいた。ポタリポタリと落ちた涙が、テーブルにシミを作った。

真由美が心から笑える日が来るのには、もう少し時間がかかりそうだった。

第4話 夢見心地のセントジョーンズワート

カラン、と扉の開くとともにのっそりと入ってきたのは、小汚く、うだつの上がらなそうな男だった。男はあごの辺りを掻き、あくびをしながら空席についた。

店主が戸惑いながらも水の入ったコップを持っていくと、男は店主を見上げてぼんやりと言った。

「あー……、店員さん？　悪いんだけど、少し寝かせてくれねえかな……」

「おいおい、ここは喫茶店だよ。寝るなら家に帰ってからにしな」

勝ち気なつり目の常連客の女性――八塚が店主に代わって男を注意した。男はムッとした表情で見据えてくる八塚と同じような表情をわずかに浮かべると、一転して情けなく眉を八の字に下げた。

「頼むよ。頼むから、寝かせてほしいんだ。少しでいいから……！」

「何か訳ありなようですね。いかがなさったんですか？」

店主はお冷をテーブルに置きながら、心配そうに男の顔をのぞき込んだ。

男はゆらりと揺れる生成り色の三つ編みと、その先にある可愛らしい瞳に少しばかり頬を染めると、デレデレと相好を崩しながら両肘ついて頬杖をした。

「お姉さん、聞いてくださいよー。俺ね、実はこう見えて、ちょっと名の知れた画家なんですよ」

「ああ、あんた、見覚えがあるよ。昔、よくうちンところで風景画を描いていただろ。立派になったもんだねぇ」

八塚が感心するように目を丸くしたが、男はオバサンには興味がないようで、八塚を表情もなくちらりと一瞥すると再び店主に向き直ってデレッと笑った。それに対して八塚が少し立腹したが、男は気にすることなく話を続けた。

「でね、ボロいアパートをアトリエとして借りて作業してるんだが。つい先日、真上に若い夫婦が越してきてね」

言いながら、男の顔がみるみる強張っていった。話によると、彼が安眠できない原因は、その若い夫婦にあるという。

上に越してきた夫婦は、ご丁寧に菓子折りを持って「ご迷惑をおかけすると思いますが」と引っ越しの挨拶にやってきたそうだ。そのときは「今どきしっかりとした若者だなあ」と感心しながら、菓子折りを受け取ったという。それが思い違いであったと男が気づいたのは、それから間もなくのことだった。

「アパートはすごく利便がいい立地に立っていてね。それだのにボロだから家賃が安いってんで、おかげで夢追い人ばっかりが住んでいるんだよ。音大を卒業して歌手を目指してる姉ちゃんと俳優の兄ちゃんのカップルとか、普段サラリーマンしながら休みの日になると大きな公園でパフォーマンスしてるっていうパントマイマーのおっちゃんとか。で、上に越してきた夫婦は、どうやら小劇団の団員さんらしい」

「あら、劇団の団員さんなら規律とかもあるでしょうから、しっかりとなさっていそうですのに」

「そう思うだろう？　それがなあ……」

店主が不思議そうに目を瞬かせると、男は大きくため息をついた。

男はアパートに住んでいるわけではなく、あくまで作業の間だけそこで寝泊まりしているのだそうだ。

今でこそ有名になって大きな家に住むことができるようになった彼にも、もちろん無名の下積み時代というものがあった。その初心を忘れるべからずということで、金のない学生時代に住居兼作業場としていたこの部屋をそのままアトリエとして借り続けているのだとか。

そして彼は、真上に若い夫婦がちょうど越してきたあたりから作品制作のためにアトリエに泊まり込んでいた。

しかし――。

「真上がうるさすぎて、作業どころじゃねえんだわ！　部屋ん中で大道具作ってるのはいいんだがよ、さすがに真夜中に、金槌（かなづち）でも床に落としてるんじゃねえかっていう感じの大音がドッゴンドッゴン聞こえてくるのは、ちょっとな……！　んで、朝方になってようやく静かになったかと思えば、今度はドリルの音がドルッドルいうわけよ！　ただ音がうるさいだけならまだ耐えられるが、何ていうか、空気もうるさいんだ。音の凄（すさ）まじさが、空間をも揺るがすんだよ。そんな状態が、昼夜問わず！」

これが音楽ならまだ許せるし耐えられるのだが、耳障りなただの騒音なのだからたまったものではない。

それに、件（くだん）の夫婦は挨拶の際に「ご迷惑をおかけするかも」と断わりを入れてきたが、だからといって夜中や早朝に騒音を立てていいということにはならない。

しかも、管理会社を通じてたびたび注意をしてもらいはしたものの、収まる気配は一向にないそうだ。

この騒音については、他の住人からも苦情が出ているそうだ。

特に音楽関係に携わっている住人は賃貸契約時に取り決められていた演奏可能時間をしっかりと守っていることもあり、「うちは決められた時間以降は、ちゃんと音を出さないようにしているのに」と不満をあらわにしているという。

「バンドマンや音大出のお姉ちゃんも、この件に関して腹立ててたね。しかもお姉ちゃんなんか、最近ちょいと体を壊して寝込んでるみたいでさ。死んだ魚のような目をして『早く練習できる体に戻したいのに、これじゃあ治るもんも治らない』ってぼやいてたよ」

「それは早く管理会社さんに解決していただきたいところですねえ……」

男はガシガシと頭を掻くと、うんざりした様子でもったりと口を開いた。

「ほとほと頭にきたんで、今日、管理会社を呼びつけたんだわ」

聞くところによると、越してきた夫婦の度を超えた騒音に腹を立てた住人たちが対抗するという悪循環が始まったのだとか。

早朝から響き渡るドリル音に被さるようにギャーンとかき鳴らされるエレキギター。それに釣られるかのように流れる、パントマイム用のBGM。それらをさえぎるように、夫妻の部屋から弾けるように響く大人数の笑い声――。

「歌手の姉ちゃんの看病をしてる俳優の兄ちゃんも『うるさすぎて彼女が寝付けないでいる』っつって防音用のイヤーマフを、げっそりとした顔で買ってきてたよお。めちゃくちゃ不憫でしかたがなくて。俺ぁ、もう、頭にきて、音出してる全員を共用の廊下に呼び出して、その場で管理会社の担当に電話を入れたわけよ。で、担当が来るまで、全員に説教かましてやったんだけどよ……」

「それは災難でしたね……。でも、お客様はそのアパートとは別のところにご自宅がおありなんでしょう？」

「それなら、問題が解決するまで自宅で作業すればいいじゃないさ。ねえ？」

首を傾げる店主と八塚に、男は難色を示した。

彼は〈作品制作中は一人で集中したいタチ〉だそうで、そのため一度制作に取り掛かるとアトリエにこもりっきりとなり寝食もそこで一人きりで行うのだとか。

「なのに、そのアトリエが集中もクソもねえ環境になっちまって。仮眠もとれねえから、悪循環極まりないし。おかげで思うような作品作りができねえし。飯を差し入れに来てくれたカミさんにはキツくあたっちまうし。そんなだから、家に帰ってカミさんと顔を合わせるってのもしづらいし。でも刻一刻と、個展のための新作の完成期限は近づいてくるし。キレ散らかした手前、今日はもうアトリエに居づらくなっちまったし……。これじゃあ埒が明かねえと思って、満月が綺麗だったのもあって、気分転換にアテもなく電車に乗って、昔馴染みの街だなと思ってフラッと降りて、フラリフラリと行き当たりばったりで歩いてたら、ちょうどこの喫茶店にたどり着いたってわけさ。……雰囲気も落ち着いているし、何故だか清廉（せいれん）とした空気が漂ってる気がするし、飾られているアンティークも素晴らしいし。この気持ちのいい空間で寝落ちできたら、心身ともにスッキリすると思うんだよな。――だから、無理を承知で頼む。少しだけでいいから、ここで寝かせてくれねえかな」

　情けない表情で力なく懇願してくる男に、店主はにこりと微笑んだ。そして、ポンと軽く手を打ち鳴らした。

「では、とっておきのお茶をお淹れしましょう。きっと、ただ眠るだけよりも効果的に安らげると思いますよ」

　お茶？　と男が声を上げるよりも早く、店主は踵（きびす）を返してカウンターへと戻っていった。

　店主がお茶の用意をしている最中、男と八塚は何か話しているようだった。

　八塚に苦手意識を持っているのか、男は最初、八塚に対して引き気味だった。しかしお茶を持って店主が戻ってくるころには、二人はすっかり打ち解けていた。

「ねえ、マスター。聞いてよ。このお客さん、あたしに冷たい態度とってたの、雰囲気がお母さんに似てたからだってさ！」

「ちょっ、言うなよ！　八塚ちゃん！」

「お母さんもあたしみたいに勝ち気だそうでね、事あるごとに叱られてた田舎っぺ時代を思い出すから萎縮しちゃってたんだってさ！　天下の富岡康司画伯ともあろうものがさあ！」

「もう、勘弁してったら。八塚ちゃん！」

「えっ、お母さん？　八塚ちゃん？　画伯？　どういうことですか？　ていうか、打ち解ける速度、光のごとしですね……」

店主は半ば呆れながら、男――富岡の眼前にティーカップを置くとうやうやしくお茶を注いだ。ポットから絹のリボンのように流れ落ちるお茶の色はうっすらとした黄色で、湯気と一緒にりんごのような甘酸っぱい香りがほんのりと立ち上った。その香りをスウと吸い込んだ瞬間、富岡はほんの少しだけ寛いだ表情を見せた。

「落ち着く香りだなあ……。お姉さん、これは何ティーだい？」

「これはですね、セントジョーンズワートです」

「ああ、聞いたことがあるな。たしか、留学中に住んでたアパルトマンの隣の部屋のやつが作品制作に行き詰まって気を病んで、薬としてこれを処方されてたような……」

富岡は苦い表情を浮かべながら、カップの中でゆらゆらと動く黄色の温かな水面に視線を落とした。店主は、お茶菓子を勧めながら苦笑した。

「ごく普通に、リラックスしたいときにも飲まれるお茶ですから。それに、うちのお茶は特別製です。是非お試しくださいな」

　はあ、という不承不承と言いたげな生返事をしながら、富岡はカップに手をかけた。優しさのある甘やかな香りが鼻をくすぐり、それだけでじんわりと胸の内が温かくなるようだった。心なしかほっこりとして目尻を下げた富岡は、ようやくカップに口をつけた。そしてとうとう、安らぎの笑顔を見せた。

「カモミールみたいな味がするんだなあ。それよか、少し控えめな味だがさ。心がほぐされていくようだよ」

「お口に合うようで、よかったです」

「あー……こりゃあたしかに、とても安らげるわ。いい夢も見られそうだな……」

　嬉しそうに笑う店主にそう返すと、富岡はひとくち、またひとくちとお茶を口に運んだ。そして、ゆらゆらと昇っていく湯気をぼんやりと眺めながら、ホウと深く息をついた。次第に、彼の目はとろんとまどろんでいった。

　もうじきカップの中が空になるというあたりで、彼はポットからお茶を注いだ。

　まだほのかに湯気が立つそれをうつらうつらとしながら眺めていると、彼はその湯気がふわふわと広がっていって自分の周りを満たしたような錯覚に囚われた。

湯気の向こうから細くしなやかな腕が伸びいでて、まるで優しく抱擁を求めるように広がり——。

「うへへへへへへ……。よしのさぁん……」

そうつぶやきながらだらしなく笑う富岡に、店主も八塚も眉をひそめた。

「よしのさんって、奥様ですよね？　大丈夫ですよね？」

「もしも奥さんじゃなかったら、今度、はっ倒しとくわ」

「ていうか、言ってはアレですが、この小汚くてうだつが上がらなそうで、だらしないのが、天下の画伯？　そもそも、画伯って？」

八塚は苦笑いを浮かべると、疑念のまなざしで富岡を見つめる店主に向かって言った。

「マスター、意外と辛辣だね……。——この人さ、昔、うちンところでしょっちゅう絵を描いてたんだけど」

「ああ、先ほども、そのように言っていらっしゃいましたね」

「名前を聞いてみたらさあ、最近名が知れるようになってきた画家さんだったんだよ。今度うちの近くの美術館でも個展が開かれるんだよね。まさか月影で再会するたあねえ……」

「そうなんですか……。まあ、いい夢見て安らいでくれていらっしゃるみたいですし、いいんじゃないですかね……」

不思議なお茶の湯気に魅せられて、今なおだらしなくデレデレとしている〈天下の画伯様〉に、店主と八塚は呆れ返って嘆息した。

後日、かっちりとしたスーツに身を包み、髪も小綺麗に整えた富岡が店にやってきた。その見違えたさまに、店主は目を丸くして驚いた。

彼は小脇に抱えていた包みを店主に渡しながら、恥ずかしそうに笑った。

「いやあ、その節はご迷惑をおかけした。でも、おかげでカミさんにも謝ることができたし」

「よしのさんですか?」

「お姉さん、うちのカミさんと知り合いだったの⁉」

出し抜けに店主からなされた質問に、富岡は驚嘆した。店主は苦笑いを浮かべて返答をごまかしつつ、いつぞやのもやもやが綺麗に晴れてくれたことに胸をなでおろした。

富岡は気を取り直すと、再び話しだした。

「あのお茶をいただいたときに、いくつか夢を見てさ。その中のひとつに駆け出し貧乏時代のころの夢があって。いっぱい苦労したっけなあとか思い返してたら、ちょっと真上の夫婦に対しても思うことができてね。夢追い貧乏人が集まるアパートに越してくるくらいだから、何か事情があったのかもと思ってよ。『怒鳴って悪かったな』って詫びを入れに行ったんだが、結局、真上の夫婦は引っ越すことにしたってよ」

何でも、大道具作りのために仲間たちもよく出入りして、しょっちゅう泊まり込みをしていたのだとか。騒音だけならまだしも、大人数の泊まり込みの頻度も不動産契約的にアウトだったようで『それなら、いっそ団員たちでシェアハウスしよう』ということになったらしい。それで、彼らは住居兼作業場として一軒家を借りることにしたそうだ。

「あら、じゃあ、騒音問題は解決なさったんですね」

富岡はうなずくと、ガシガシと頭を掻きながら続けた。

「ああ、しかもちゃんと『ご迷惑をおかけしました』って向こうも謝ってくれたよ。やっぱり、それなりに苦情があったことを気にしてはいたんだろうな。でもまあ、おかげさまで、昔通りの〈音を出していい時間にだけ、いろんなジャンルの音楽と発声練習が聞こえてくる賑やかなアパート〉に戻ったよ。……あ、ちなみに、寝込んでた歌の姉ちゃんもゴミの日にゴミ袋をたくさん出してたからさ、そっちも引っ越すのかと思って聞いてみたら。騒音が止んでちょっと体調戻って来た途端、部屋のヤバさに気づいて慌てて片付けしたんだと。いやあ、日向子ちゃん、元気になってきたようで何よりだわ」

　富岡はハッと息を飲むと「すまねえ、脱線した」と言って咳払いをした。そしてまた話し出した。

「ここで飲んだお茶のおかげもあって相当気分もスッキリできたし、おかげさまで個展も無事に終えることができた。お詫びになるかは分からねえが、作品をひとつ差し上げようかと思って」

　富岡は小脇に抱えていた包みを差し出すと、照れくさそうに笑った。

「店のアンティークたちには劣るかもしれないが、よかったら飾ってやってくれないかな」

「そんな、お気になさらないでよかったのに。……それにしても、本当に見違えました。今日はちゃんと、画伯に見えますね！」

「お姉さん、辛辣だなあ……。――今日は先の個展に出してた作品を引き取りに行った帰りなんだが、俺だってさすがに、美術館にあんなだらしない格好はしていかれないよ。スーツはいわゆる営業用ってやつさ」

　おどけるように肩をすくめる富岡に、店主はクスクスと笑い返した。そして包みを開けてみてもいいかと尋ねて了承が取れると、さっそく中身を取り出した。

──中から出てきたのは、少し小さめのキャンバスだった。それも、ちょうど店の壁に飾るのにいいサイズだ。

描かれていたのは蓮の花だった。力強い筆使いが生命力を感じさせ、鮮やかかつ多様性に富む色使いが神秘性を匂わせていた。

思わず、店主はしんみりと肩の力を抜いた。

「ああ、もしかして、俺の絵は趣味ではなかったかな……」

富岡は申し訳なさそうに頬を掻いた。店主は慌ててそれを否定すると、優しく微笑んだ。

「何だか、懐かしいなと思ったんです。知っておいでですか？　この喫茶店のある場所には昔、蓮の花が美しい沼があったんですよ。その風景に、似ているなと思いまして。──ていうか、この絵、個展で公開なさってはいませんでしたよね？」

「個展、来てくれたの⁉　何だよ、あのとき言ってくれたら、招待状出したのに！　そういやあ、八塚ちゃんも来てくれたんだよ。ちょうど、うちの母ちゃんが田舎から出てきてくれてたんだけど、めちゃめちゃ意気投合してさあ。ふたりして『美術館ではお静かに』って注意されてたよ。──ちなみにこの絵は、この店をあとにしてから、インスピレーションがバンバン湧いてさ。個展用の新作とは別に描いたやつなんだ」

気に入ってくれたようで良かった、と笑いながら、富岡はレジスターの音に見送られるように店を後にした。

なお余談だが、一部のネットユーザーの間で「富岡康司の個展に行ったら宝くじが当たった」だの「ずっと片思いをしていた高嶺の花に勇気を出して個展に誘ったら、そのまま付きあうことになった」だの「あの個展には神がおわした」だのという、とても怪しいうわさが飛び交ったという。

第4.5話　八塚さんちのいなり揚げ餅

「ここって、ネットで噂の〈なんでも願いを叶えてくれる喫茶店〉なんですよね⁉」

「私たちだけじゃなく、今ここに来ていない仲間も含めて、みんなが安定した収入が得られるようになってほしいんですけど、可能でしょうか⁉」

開口一番、夫婦と思しき来店客はそのように言って店主に詰め寄った。店主は戸惑いながらも、空いている席にふたりを案内した。

お水の入ったコップをテーブルに置きながら店主が事情を尋ねると、夫婦はため息をついて俯いた。

「私たち、小さな劇団をやっていて、今、他の団員たちと一軒家を借りてルームシェアしているんです」

「以前、俺たち夫婦だけで住んでたアパートの一室を住居兼工房にしてたら、ちょっとやらかしてしまいまして。それで誰にも迷惑がかからないようにと一軒家を借りたんですけれど、俺たちを含め全員がアルバイトしながらの貧乏役者なので、みんながみんな、自分の分の家賃をきちんと支払っていけるかが正直不安で……」

彼らがそう言い終わるかどうかのタイミングで、近くの席に座っていた常連の女性がゴホゴホとむせ返った。彼女――八塚は飲んでいた紅茶のカップをテーブルに置くと、思わず声をひっくり返した。

「あんたたちかい！　富岡康司の不眠の原因は！」

夫婦が驚きの表情で固まり、八塚は〈やらかした〉と言わんばかりの顔で押し黙った。沈黙を破ったのは夫婦の妻のほうで、店の奥に飾られている蓮の花の絵を指さしながら立ち上がった。

「あの絵、富岡さんのですよね？　うそ、やだ、富岡さんが不眠に悩んでここに来てたってことは、あの人、もしかして、私たちに出て行って欲しいって思ってたとか⁉」

「いえ、違いますよ。富岡さんは、ここで仮眠をとられただけです。『少しだけでもいいから、眠りたい』と仰って」

店主は苦笑いを浮かべてそう言うと、八塚に視線を向けて「お客様の〈願いごと〉は個人情報なので、本来でしたらお教えしないんですけれどね。でも、誤解は解いておかないと」と真顔で続けた。八塚は手のひらを合わせて、とても申し訳なさそうに〈ごめんね〉のポーズをとった。

妻は安堵の息をつきながら、着席し直した。

「なんだ、よかった……。いや、よくないのか。私たちが迷惑をかけていたのは事実だし」

「そうだよ、俺たちみたいな夢追い人が住んでるアパートだからって、俺ら、周囲の〈お互い様精神〉に甘えすぎてたんだよ。だから、引っ越さなくちゃいけなくなったわけだしね」

聞くところによると、この夫婦は劇団の座長を務めていて、富岡のアトリエのあるアパートは「夢追い人たちが〈お互い様精神〉で持ちつ持たれつしながら住んでいる」というのを聞いて入居を決めたという。

音出し可能な時間帯であれば道具作りなどの作業をしていても周囲に怒られないというところに惹かれて契約したわけだが、いつまでも出来上がらない道具たちを作り続けているうちに「もう少し作業しないと間に合わないし、少しくらい静かに作業を続けても怒られないよね。みんな、そういうの、お互い様だろうし」と自分たちの心の中で言い訳をして時間を無視するようになっていった。

結果が〈真夜中のトンカチ落とし〉や〈早朝からのドリル音〉というわけだった。

「いくらお互い様とはいえ、これでも気を遣っていたつもりだったんです。まさか、そんな迷惑になるくらい音が響いているとは思わなくて……」

「一軒家を借りたからといって、周りはきっとごく普通のお宅ばかりでしょうから、夜中や早朝にうるさくしたらいけませんよ？」

店主がため息交じりにそう言うと、夫婦は声を揃えて「当然です」と言った。

「これ以上トラブルは起こしたくないですからね、そこは団員たちにも徹底してもらっています。ただ……」

「その一軒家も出て行かなくちゃいけなくなったら、私たち、今度こそ路頭に迷うことになるんですよ。だから、まずはきちんとみんなが各々の家賃をですね……」

ふたりにすがられながら、店主は片手をあごに当ててウーンと悩んだ。夫婦が黙って店主を見つめていると、店主が困ったようにポツリと言った。

「家賃は、正直、ご自分たちで頑張っていただきたいというか……」

「そんなあ！　そこを何とか！」

「ご来店いただいたからには、きちんとおもてなしをしたいんですけれど……」

店主がウンウンとうなっていると、八塚が元気よく手を上げた。

「じゃあ、あたしが何とかしようか？」

「えっ⁉　でも、これは私が受けるべきオーダーですし……」

店主が戸惑っていると、八塚は苦笑いを浮かべながら「いいよ」と手を振った。

「常連のよしみってやつさ。それに、さっきマスターに尻ぬぐいさせちまったしね。そのお詫びも兼ねて。……てなわけで、マスター、キッチン借りるよ。切り餅の在庫、あるかい？」

八塚はエコバッグからいなり寿司用の味付き油揚げを取り出すと、ズンズンとキッチンに向かって行った。店主はその後ろをぴょこぴょこと着いていくと、お餅の用意を請け負った。

「八塚さま、おいなりさんを作るときは油揚げを煮るところからしていると思っていました」

「子どもたちが家にいたころはね、そうやって作ってたけど。あたしと旦那だけなら、業務用のスーパーとかでこういう出来合いのを買ってきたほうが楽なのさ」

「なるほどです……」

そんな会話をしながら、八塚は味付け油揚げを皿の上に出した。

そして油揚げが破けないように注意しながら広げると、店主の用意した切り餅を丁寧に詰め込んだ。

「ふたりだから、ふたつずつ、計四個でいいかな？　あとは、これをラップせずに電子レンジでチンして……」

レンジが完成の合図を鳴らすと、八塚は出来上がったものを夫婦のもとへと運んだ。夫婦が不思議そうに餅を眺めるので、八塚は半ば自慢げに説明をした。

「我が家自慢のいなり揚げ餅さ。油揚げはそこらのスーパーのものだけど、お餅は月影名物の不思議フード・月のウサギがついたお餅だからね。これを食べたらきっと、あんたたちの求めた結果が得られるだろうさ。そもそも、油揚げもお餅も縁起物だ。さ、遠慮せずにお食べ」

店主から箸を受け取ると、夫婦はいなり揚げ餅をフーフーした。そして恐る恐る口に運び、妻が目を輝かせた。

「何これ、おいひい！　甘じょっぱさが磯辺焼きよりもあっさりめで上品で、あとからじゅわって来る！」

それを聞いた夫もひと口食べ、笑顔でほふほふと口を動かした。その様子を得意げに見ていた八塚は、ニヤリと笑って言った。

「これね、一緒にスライスチーズを挟んで、出来上がったら七味をかけてごらん。酒のアテになるから！」

「えー、やだ、絶対に美味しいやつ！　今度、うちでも作ってみます！」

　それから数ヶ月後。夫婦は再び月影を訪れた。夫のほうが照れくさそうに笑いながら頭を掻き、妻が誇らしげに賞状を取り出した。

「見てください、コレ。すごくないですか⁉　うちの人が書いた脚本が演劇賞を受賞したんですよ！」

「あら、すごいねえ。おめでとう」

　コーヒーを飲んでいた八塚が目をパチクリしながらそう言うと、妻が興奮気味に続けた。

「おかげで劇団自体にも注目が集まって、いくつかの芸能事務所から劇団維持費出資のお話をいただいたり、公演依頼も増えたりしてるんですよ。家賃の心配をしていたはずなのに、将来の食い扶持（ぶち）すらどうにかなりそうです。いなり揚げ餅効果、本当に凄い！」

「妻が演出をしているんですけど、そっちもかなり評価されて。今度、うち以外の劇団の演出を手掛けるんです。本当に凄いのなんのですよ！」

　そばで話を聞いていた店主も驚きの表情で「すごい」と言った。

「大躍進じゃないですか！　本当におめでとうございます！」

「大きな事務所のお抱えになれれば、自分たちで道具作りしなくてよくなるし。稽古場（けいこば）も防音のところを用意してもらえるし。そしたら、もう、誰にも騒音で迷惑をかける恐れがなくなります。ありがたいことですよ」

これからも頑張っていこうね、と夫婦が笑い合うとレジスターがチンと音を立てた。

夫婦が帰ったあと、店主はレジスターの手入れをしながらつぶやいた。

「おふたりで一つの願いごとだったからか、お代も願いごと一つ分でした」

「あら、そりゃあ残念だ」

八塚がカラカラと笑うと、店主がしょんぼりとうなだれた。

「はい、お願い達成できたのはよかったんですけれど、少し残念です。八塚さまに手伝っていただいた〈お願い〉なので、いただいたお代は全て八塚さまに、と思っていたので……」

「つまり、何だい。あたしの取り分が想定より少なくなったことに対して『残念』ってことかい？」

店主がこっくりとうなずくと、八塚は気風よく大笑いした。

「いやだよう。あたしだって、月影に来たお客が笑顔で満たされるだけで嬉しいんだから。そんな心配とか、気を遣ったりとかしなくていいって！　――そんなことよりも、紅茶！

シフォンケーキも追加でお願い！」

店主は笑顔を浮かべると「はい、ただいま」と言ってカウンターへと去っていった。八塚が窓から外の空を見上げると、今宵（こよい）も綺麗な満月が煌々（こうこう）と輝いていた。

第5話 星空を閉じ込めたフルーツパンチ

いらっしゃいませ、と店主が声をかけても、その小柄な若い女性はぼんやりと立ち尽くしたままだった。心配そうに表情を曇らせると、店主は女性と視線を合わせたまま小首を傾げた。

「お客様？　どうかなさいましたか？」

「あっ、いえっ、ちょっと感動していました」

女性はビクリと身じろぐと、苦笑いを浮かべてそう答えた。きょとんとした顔で目をパチクリさせる店主に、女性——日向子(ひなこ)は続けて言った。

「ネットの口コミっていうか、うわさを見て来たんですけど——」

「うわさ？」

オウムのように返しながら、店主は日向子を窓側の席に案内した。すると奥のほうでスパゲティを食べていた初老の男性が、顔を上げて驚嘆した。

「何だい、マスター。〈お食事ナビ〉にでも広告を出したのかい？　それとも〈グルメレポ〉にでも評判が載ったのかい？」

「何ですか、それは？」

困惑する店主に、男性に代わって日向子が椅子に腰を掛けながら答えた。

「飲食店の店舗情報やお客さんからの口コミが閲覧できるネットサイトですよ」

「へえ、そんなのがあるんですか……？」

もったりとした口調でそう返しながら首を傾げた店主の頭上には、目に見えないハテナがたくさん浮いているんだろうなと日向子は思った。この様子だと、店主はきっとネットというものの存在自体をよく理解していないのだろう。

店主は気を取り直すと、うわさについて再度日向子に尋ねた。すると日向子は表情もなく、淡々とした口調で答えた。

「飲食店としての口コミではないですよ。おまじないの方法っていうか、都市伝説みたいなうわさです。――満月の夜に賀珠沼町っていうところの七曲りの交差点に行くと、どうしても叶えたい願いが叶うとか。変な色をした三つ編みの女性が怪しい食べ物を勧めてくるんだけど、それを食べると驚くようなことが起きるとか」

「変な色……⁉」

店主が愕然とすると、日向子も顔をしかめた。

「全然変じゃないじゃんねえ！　私、そういうのあまり詳しくないからアレだけど、それってたしかアッシュ系っていう色でしょう？　今、すごく流行ってるらしいじゃん！　それに、店主さん、めっちゃ似合ってて可愛いのに。失礼しちゃうったら！」

まるで自分のことのように腹を立てる日向子の様子につかの間ポカンとしたあと、店主はみるみる頬を染めあげて茹でダコのように真っ赤になった。

それを見た男性がクックとおかしそうに腹を抱えて笑った。他のお客もクスクスと笑っていて、日向子も一気に恥ずかしさを覚えた。

「あああ、何ていうかすみません！　いろいろとごめんなさい！」

「いいえ、お気になさらないで。私の髪、生成りの麻布の色によく例えられるんですけれど、今ではそんなハイカラな言い方をするんですね。格好良くて、嬉しいわ」

「や、あの、本当にすみません……」

「いいえぇ。ここはいっときの安らぎを提供する喫茶店ですから、堅苦しいことはお考えにならないで。言葉遣いも何もかも、お楽なように自由になさってくださいな。――お水、お持ちいたしますね」

店主は優しく微笑みかけたが、日向子はあわあわと取り乱したままだった。水の入ったグラスを手に店主が戻ってきても、日向子は耳の先まで顔を真っ赤にして縮こまっていた。目の前に差し出された水を飲み干してようやく、日向子は落ち着きを取り戻した。

店主は水差しも持ってきていて、日向子が空にしたグラスに水を注ぎ直した。律儀に感謝する日向子に笑いかけると、店主はグラスと水差しをテーブルに置いて日向子の向かい側の席に腰を下ろした。

「お客様はどうして、うわさを目にしたんですか？」

店主がそう尋ねると、日向子は一瞬硬直した。そしてみるみる表情を失い、何もない暗い目で抑揚もなく返した。

「心がポッキリと折れそうだったんです。だから、藁をも掴む思いで神頼み的なことをしてみようかなって思って。それでいろいろなキーワードでネット検索をかけて、偶然このお店のことを知ったんです」

「そうだったんですか」

「はい。聞いたことのない町名だったから、ルート検索とかもめっちゃ調べまくって。そしたら、うちから行ける範囲だったから、半信半疑だったけど、じゃあ行ってみようかなって。――だから、眉つばだと思っていたのに本当にお店が存在したから、驚きを通り越して感動したんです」

日向子は小さく笑ったが、それはどことなく皮肉っぽい笑みだった。

神頼みをしてみようと思ったとか店への行き方を調べまくったと言うわりには、半ば諦めているようにも見えた。それに感動したと言ってはいるものの、来店時の日向子の様子は、ジーンと来るものがあるとか感慨深いとか、そういうようには見えなかった。

もう一度、店主は「そうだったんですか」と返した。先ほどよりもゆったりとした、相手のことを思いやるような口調だ。

すると、日向子は申し訳なさそうに眉毛をハの字にした。

「あの、ここって喫茶店だから飲食物以外の注文って、できないですよね？」

「え、ええ。基本的には、そうですね……」

店主は困って日向子と同じような表情を浮かべた。そして小首を傾げて日向子を見つめると、控えめに尋ねた。

「ちなみに、何を注文しようとなさったんですか？」

日向子は居心地が悪そうにもじもじとすると、恥ずかしそうに下を向いてポツリと答えた。

「網です。本当はタモみたいなのがいいんですけど。茶こしとか粉ふるいとか、そういうのだったら喫茶店でも入手できるかなって。物理的におまじないグッズとしてでもいいし、魔法みたいな感じで精神的なものでもいいから」

「網？　なんでまた、そんなものを？」

日向子は淀んだ瞳で眉根を寄せた。その暗い眼の奥のほうには、小さいながらも火傷しそうなほどの熱を帯びた光が灯っていた。

「もう、うんざりなんですよ……！　こぼれ落ちたり、失ったりするのは……！」

これまでの日向子の人生を言葉に表すとするならば、「こぼれ落ち、失う」のひと言につきた。

たとえば、コツコツと積み上げてきた努力の成果が、ある日突然他人に奪われるのだ。しかもひどいことに、〈努力をしたという過程〉までもが他人のものとなってしまう。

幼いころからそのようなことばかりが続いたため、日向子は〈報われる喜び〉を噛み締めたことはなかった。

また、得られたはずの喜びや自信が手の内から何度もこぼれ落ち失われていくことで、「努力をしてもしかたがない」という悲嘆が日向子の心に塗りつけられた。

それでも、日向子は前を向き続けた。よく言えば根気がよく、悪く言うなら諦めの悪いのが日向子だったからだ。
　それでもやはり、日向子は傷ついていた。そんな日向子を癒やしたのはアニメだった。
しかもそれは、日向子にとって単に「のめり込むほど面白いもの」というだけではなかった。
お話を作り出す原作者や脚本家はまるで神様のように感じたし、それを動画へと作り変える
アニメーターは魔法使いなのではないかと思った。
　キャラクターに声でもって魂（たましい）を吹き込む声優や俳優、世界観を如実に再現した主題歌を歌
う歌手には感嘆しきりだった。——私も彼らのような、人を笑顔で元気にすることができる
すごい表現者（クリエイター）になりたい。
　そう強く心に思いを抱いた日向子は、自分が一番得意だった歌でその世界に携わりたいと
思った。すっかり努力が苦手になっていた日向子だったが、夢を諦めずに叶えていくために
もと根気よく歌の勉強を続けた。おかげで、音楽大学の声楽科に受かることができた。
　いつもよその家の子と比べてばかりで褒めてくれたことなど一度もない母が泣いて喜んで
くれたのが、日向子には嬉しくてしかたがなかった。初めて、「報われたかも？」と思えた
瞬間だった。
　だが、ここでもやはり日向子の身に〈失う〉が起こった。
「日向子さん、あなた、本当にやる気があるの？　ちゃんとピアノの音、聞いてる？　全然

ピッチが合っていないわよ！」

　ある日のレッスン中、日向子は師匠にそう怒られた。もちろんしっかりと練習はしてきたし、やる気は十二分にある。それなのに、正しい音を発声することが全くできなかった。

　前日まではこんなことは起こっていなかった。日向子はパニックになりながら、大粒の涙を浮かべて師匠に訴えた。

「話し声は聞こえています。でも、ピアノの音と自分の歌声だけが、何故だかちゃんと聞こえません……！」

　日向子は師匠の勧めで、耳鼻科で診察を受けた。結果、耳管開放症と診断された。

　耳の奥にある耳管というところに異常が発生し、ぼんやりと反響したようにしか音が聞こえなくなるという病気なのだとか。しかも日向子の場合は、ストレスなどの精神的なものが原因かもしれないという。

　医者からは「うちで処方する薬で様子を見て、それでも改善しないようなら精神科で診てもらったほうがいい」と言われてしまった。――日向子の家はごく一般的だった。なので、日向子の家にとって私立音大の学費は家計を苦しめる最大の要因だった。

　母は日向子をその大学に通わせたいと思ってくれていたので、日向子は大学に通うことができていた。それでも苦しい状況であることに変わりがなかったので、日向子は奨学金を借りバイトをしながら大学に通った。

そういう状態にあったので、もしかしたら「お金と時間を無駄にはできない」と自身を律しすぎていたのかもしれない。

そのせいで、大切な〈音〉を聞こうと集中すればするほど、それだけが聞こえなくなってしまうのだろう。

病院から帰ってきた日向子は悲嘆に暮れながら、寮の練習室でピアノをポーンと鳴らした。やはり、音はきちんと聞こえない。音が耳に届く前に、霧となって消えていってしまう。まるで、水の奥深くに潜って外の音を聞いているような感じだ。

（ああ、ああ。音が、私からこぼれ落ちていく。私は歌も失うのか……！）

日向子は今まで以上に落胆し、泣きはらした。

症状が安定するまで休学しようとも思ったが、在籍料を支払える余裕もない。中退してしまったら、きっと復学する日は来ないだろう。

――そんな状態でも、日向子は持ち前の根気強さを失いはしなかった。何故なら、日向子にとって〈表現するということをやめる〉ということは、どだい無理なことだったからだ。

それからの日向子のレッスンは〈筋肉に音を覚え込ませる〉という作業の繰り返しだった。

自分では音が聞こえないので「もう少し高く」「もっと低く」などと師匠に指摘してもらい、

それを筋肉の動きとして緻密に体に叩き込むのだ。

もちろん、音の高低を示してもらうだけではない。どのようにすればピタリと狙った音を出せるのか、正確な音で歌い上げながら感情もそこに乗せていくにはどうしたらいいのかを、今まで以上に肉体的な観点からシステマティックに指導された。

おかげで日向子は大学卒業が間近に迫ったころには音を取り戻し、その自信から耳管開放症からも解放された。

しかし得難いものを得た反面、失ったものもいくつかあった。

ひとつは、学ぶ時間である。病気を抱えていても歌えるスキルを身につけるために時間を費やしすぎてしまったため、それ以外の様々なことをあまり学べなかったのだ。

ふたつめは、家族だった。大学院に進めるほどのお金はないが、歌への学びを深めたいと日向子は思った。大学での勉強を通してオペラやミュージカル、演劇などにも興味を持った日向子は、そういう舞台にも出てみたいと思った。

なので地元には戻らず大学の近くで就職をして、働きながら勉学を続け、舞台に立つためのオーディションを受けていくことに決めた。

それを両親に報告したところ、母に盛大に罵られた。どうやら母は〈音大で学び、音楽の先生になる〉という夢を若かりしころに抱いていたらしく、日向子が音大に入学したのはその夢を代わりに叶えてくれるからだと思っていたらしい。

つまり大学受験に受かった際に母が我がことのように喜び褒めてくれたのは、日向子の頑張りを認めたからではなかった。文字通り〈我がこと〉だったからなのだ。

日向子は裏切られただの産まなきゃよかっただのと散々なじられた挙げ句、勘当されて帰る場所を失った。

「そんな感じで、この二十数年、私の手の内から何度も何度も、大切なものがこぼれ落ちていって、そして失われていったんです。それでも、私は諦めが悪いから。この道以外を進むのは、私にとって死ぬことと同じだと、そう強く思うから。だから、これ以上落として無くさないように。落としそうになっても、トラブルとか嫌なことを避けて大事なものだけ掬(すく)い上げられるように。私はどうしても、網が欲しいんです」
話し終えた日向子は、口を真一文字に強く結んだ。店主は日向子の身の上話に胸を痛めつつも、ふと疑問に思ったことがひとつあった。
つらく苦しくて今すぐにでも状況を変えたいのならば、どうして「夢を叶えたい」と願わないのだろうか。それについて尋ねると、日向子は少しだけ笑顔を見せた。

「だって、夢ってものは自分で叶えなくちゃ意味がないでしょ？　誰のものでもない、自分の夢なんだから。だから、〈夢を叶える〉は自分でやるからいいんです。でも、それを遂行するにあたって支障がありすぎるほど、何かしらがこぼれ落ちて失っていくから――」

「だから、網が欲しいんですね」

店主が納得すると、日向子も満足げにうなずいた。

来店してから今までの日向子の言動を見るに、きっと彼女はもとから感情が豊かでよく心が動くタイプなのだろうと店主は思った。しかしこれまでの不運不幸の連続で、マイナス感情ばかりが爆発しやすくなっているのだろう。

あの瞳の奥に見えた小さいながらも力強い炎も、「諦めてなるものか」という思いだけで燃えているのではない。激しい怒りが燃え盛っていたのだ。いくらもがいても報われきれないことへの、それを自分でどうにかしたくてもできないことへの激烈な怒りが。

店主は悩みに悩んだ。

〈強い願い〉を感じたら受けて立つのがこの店の信条なのだが、店で使用している茶こしも粉ふるいも、この町の商店街で仕入れている何の変哲もない物なのだ。だからもちろん、日向子が望むような素晴らしい効果を持っているということはない。

一体どうしたら日向子の願いを叶え、怒りから解放してやれるだろうか。本来の日向子を取り戻させることができるのだろうか——。しばらく考え込んだ店主は、あ、と表情を明るくするとポンと手を打ち鳴らした。

「網ではないんですけれども、日向子さんの要望にお答えできそうなものがありました！」

「本当ですか⁉　じゃあ、それを是非ともお願いします！」

身を乗り出して懇願する日向子に、店主は自信たっぷりにうなずいた。そして勢いよく立ち上がると、ぴょこぴょこと飛ぶようにカウンターへと戻っていった。

日向子のもとに戻ってきた店主が運んできたのは、涼(すず)やかな透明のボウルだった。中には黒い液体が満たされていた。

日向子は豆鉄砲(まめでっぽう)を食らったような表情を浮かべると「イカスミ？」と首をひねった。店主は笑顔で首を横に振ると、日向子の前にボウルを置きながら胸を張って返した。

「フルーツパンチです」

「それにしては黒すぎじゃない⁉　もはや黒蜜(くろみつ)オンリーでしょ！」

日向子は仰天して目を丸くした。店主は自慢げに胸を張ると、少しばかり鼻息を荒くして頬を上気させた。

「これ、うわさの〈怪しい食べ物〉の中でもお気に入りのひとつなんですよ。作り方を聞いたら、きっともっと驚かれると思います。……まずですね、暗黒物質(ダークマター)と、それからお神酒(みき)とをですね――」

「ちょっと待って！　暗黒物質って、食べられるの⁉」

店主の言葉を食うように、日向子は素っ頓狂な声を上げた。店主はそれに答えることなく、楽しそうにニコニコと笑いながら話を続けた。

暗黒物質と、お神酒と蓮の花の蜜を鍋に入れて火にかけて、じっくりコトコトと煮込んでいく。暗黒物質が酒に馴染んで見えるようになり、蜜ともしっかりと混ざりあったら、レモンの汁をひと垂らし。粗熱(あらねつ)が取れたら、彗星(すいせい)のガスを使って作った炭酸水を割り入れる。
――これで、喫茶月影特製のパンチ酒は完成である。
「というわけで、このボウルの中にはまだパンチ酒しか入っていないんです。でもね、星空を映してスプーンでクルクルとかき混ぜてみてください。――あ、雑念を取り払った、澄んだ心で混ぜてくださいね！」

　言われるがまま、日向子はスプーンを持つと深呼吸をひとつした。そして謎の黒い液体にスプーンを差し入れ、何もない空っぽの頭と心でかき混ぜてみるとどうだろう、滑らかに動かすことのできていたスプーンに何かがコツコツと当たるようになったではないか。混ぜる手を止めてみると、ボウルの中に星空ができ上がっていた。

「すごい……。材料が材料なだけに、宇宙ができちゃった……」

「宇宙も人も、同じく無限の可能性を秘めています。だから、このあなたがかき混ぜて作った宇宙はあなた自身でもあるんですよ。そして、そこに浮かぶ星の数々は、あなたに秘められた可能性や得るべきもの、もしくはもう発揮されているもの、得ているものの一部なんです」

「この、きらきらしたのが私自身……？　いや、まさかそんな――」

日向子は苦笑混じりに店主の言葉を否定しようとした。しかし店主は優しく頭を振って、それをいさめた。

　心なしか嬉しそうに日向子は小さく微笑むと、フルーツパンチに視線を移して尋ねた。

「これ、もう食べていいんですか？」

「いいですけれど、食べるのはお星様ひとつだけにしてくださいな。この特製フルーツパンチは、人間のかたには少々刺激が強すぎるんです。だから、絶対にこれは手放せないというものだけをお選びになって」

「なんだ、全部は食べたら駄目なんですか。どんな味がするのか、知りたかったな……」

日向子は、しょんぼりと肩を落とした。だが、それは「それでは〈今から食べる星以外の可能性〉を得られないではないか」という失望ではなく、単純に食い気からくるもののようだった。

店主は思わずクスクスと笑みを漏らした。

「いつか、その〈味〉を知る日がやってきますよ。――さあ、どうぞ、ひとつだけ選んでお食べくださいな」

「じゃあ、この中でどんな星がまたたいているのか、まずは確かめないと。ちょっとお行儀悪いですけど……許してちょーうだいなー」

日向子は手を揉みウズウズしながら歌うようにそう言うと、スプーンを持ち直してパンチ酒の中を漁った。

スプーンを再度ゆっくりと動かしてみると、大小さまざまな星が浮き沈みし、暗いボウルの中で赤や青、黄といった彩りを放っていた。

日向子はそのひとつひとつを興味深げに眺めていたが、スプーンが重いものを捕えたとたんに目をキラリと光らせた。――それは、月が地球から一番距離が近いときに肉眼で見えるのとちょうど同じくらいと言えばいいのだろうか、大粒のさくらんぼサイズの黄色くて丸いものだった。

「わあ、お月さまみたい！　これ、多分、お月さまだよね？　真ん丸で綺麗だなあ。黄桃（おうとう）みたい！　桃みたいに、ジューシーで甘いのかなあ？」

日向子は好奇心いっぱいの笑顔を浮かべると、それを口に運ぼうとした。店主は驚いて声を上げると、慌てて日向子を呼び止めた。日向子はきょとんとして店主を見つめると、不思議そうに首を傾げた。

「あれ？　食べちゃ駄目でした？」

「いえ、そんなことはないんですけれど、大抵の人が一等星や若い輝きを放つ星を……惑星（わくせい）をお選びになるんです」

「ああ、そっちのほうがパワーがありそうですし、未知の可能性がたくさんっていう雰囲気ですもんね」

「ええ、だから、本当に衛星（えいせい）でいいのかなと、思わず……」

さしでがましいことをしたと言わんばかりに、店主は申し訳なさそうにうつむいて肩を落とした。

日向子はそれを笑い飛ばすと、にっこりと笑って返した。

「だって、これが一番美味しそうだったんですもん。『美味しそう』と感じるってことは、きっとそれが必要だからなんです。……だから、いただきまーす！」

日向子は迷うことなく、黄色いそれを少しばかりの黒い液体ごと口の中へと運んだ。しかし、もくもくと噛みしめるようにあごを動かす日向子の表情は、段々と微妙なものへと変化した。

「見た目の印象と違って、なんか、苦い……」

「溶岩の塊みたいなものですからねえ……」

「あと、ほんのりと甘さを帯びつつも、目がチカチカするような衝撃のあとに心も体もグラグラくるような、そんな気持ちよさと不快感が紙一重な感じでシュワーッと……」

「ああ、それはパンチ酒ですね」

「これがコズミック風味……。私は地球にいながらにして、最後のフロンティアに到達してしまったというのか……」

「あ、お口の中、黒くなっていますよ？　お月さまをお食べになったから」

「えええ!?　暗黒物質のせいじゃなくて!?　黄色いものを食べたはずなのに！　やっぱり、

こんな見た目でも、もとは溶岩――」

目を白黒とさせ、せわしなく表情を変えながら感想を述べていた日向子だったが、言葉を尻すぼみさせて唐突に押し黙った。

どうしたのかと店主が日向子の顔をのぞき見ると、日向子は目に涙をみるみると溜めていき、しまいにはそれをボロボロとこぼしながら苦しそうに嗚咽を漏らしだした。

「あらやだ、お口に合いませんでした？　みなさん、クセになる美味しさだって言ってくださるんですけれど……」

日向子は首を横に振って〈否〉を示すと、胸を抑えてうつむいた。そして、絞り出すようにつっかえつっかえ返答した。

「なんか、喉を通って、胃に到達したんだろうなっていう感覚があって……。それから少ししてから、じわじわと胸の奥から熱が……。おかげで体中がポカポカしてるんだけど、胸だけ苦しいくらい熱い……」

「やだ、大丈夫ですか⁉　お星さま、ひとつしかお食べになっていないのにどうして……」

うろたえる店主に、日向子はすぐに「大丈夫」とうなずき返した。しかし背中を丸めて縮こまると、つらそうにプルプルと震えだした。もう一度店主が大丈夫かと尋ねると、日向子は吐きだすような勢いで答えた。

「〈優しさが心に染みる〉みたいな、そんな感じ……！　すごく、優しいんだよ……！」

日向子はとうとうテーブルに突っ伏すと、声を上げてワンワンと盛大に泣いた。

それ以来、日向子は月イチで店に訪れるようになった。

特製フルーツパンチを食べた翌月に日向子が店主にしたのは、「あのあと受けたオーディションに落ちた」という報告だった。

「ワークショップ形式だったんですけど、行ってみたらいわゆる〈お身内〉ばかりで。なので身内外の人は、何をやっても鼻で笑われたんですよ。たとえそれが、どんなに素晴らしい表現をした人であっても」

「あら……。でもそれって、オーディションの意味があるんですか？」

「ねえ？　マスターさんもそう思いますよねえ⁉」

心なしかふてくされながら、日向子はスプーンを握りしめた。しかしすぐさま笑顔を浮かべて、楽しそうに話を続けた。

「でも、その〈素晴らしい表現をする人〉とお友達になったんです。まだ駆け出しだけれど、プロの声優さんなんですよ」

「日向子さんの憧れの職業のうちのひとつじゃあないですか」

「そうなんですよ。表現は素晴らしいし、憧れの声優職だし、もう尊敬しきり！　私の歌や演技を気に入ってくれて。褒めてもくれました。それで、『夢を追う者同士、頑張っていこうね』って声をかけてくれて」

出し抜けに、日向子はニッと笑みを浮かべた。

しかし店主が申し訳なさそうな笑顔を浮かべたのを見てすぐに、憮然とした顔をしてテーブルに突っ伏した。

「駄目か。……えっ、ていうか、本当に駄目？　新しく友達ができて嬉しいのに？　これ、不合格？」

「合格の際は、レジスターがチンと鳴るんです。それが、お支払い完了の合図です」

顔を上げた日向子は悔しそうに顔を歪めると、意外と明るい口調で「そっかー！　駄目かあ！」と言いながら再び突っ伏した。

——このように毎月何かしらの報告をしにきては、日向子はニッと笑顔を浮かべた。そして沈黙するレジスターに撃ち落とされ、〈とりあえずのお代〉として千円札を毎回律儀に置いていった。

日向子は報告のたびに、ようやく軌道に乗ったと思ったのにあっけなく崩れ去ったとか、せっかく積み上げたものが気づけば他人の手に渡っていたとか、お決まりのパターンで一喜一憂していた。

しかし、時折話に登場する〈新しくできた、声優のお友達〉からいい影響を受けているのだろう、日向子の瞳は以前ほどギラギラと怒りで燃えてはいなかった。それでも怒りの炎はしぶとく燃え続け、鎮火するどころか以前のように激しく燃え盛ることもしばしばだった。

ある日、日向子はいつになくどんよりとした暗い面持ちで店にやってきた。どうしたのかと店主が尋ねると、日向子は無気力な声で小さくポツリと答えた。

「食い扶持は歌ではなく正社員で稼いでたんですけど、その大切な職を失ってしまいました。急な事業転換で人員削減を大幅にするとかで。きちんと業績を上げてはいたんですけど、そういうのは関係なかったみたい」

「それは、堪えますね……」

表情の動かない日向子の代わりに、店主の眉毛が悲しそうに八の字に動いた。日向子はほんのりと皮肉めいた笑みを浮かべると、ため息混じりにこぼした。

「今回ばかりは努力とか全然関係なくて、本当に運が悪いとしか。ご年配が多くて能力関係なく勤続年数の長い人を大切にする会社だったから、年齢的に転職しやすいだろう若手だけをリストラ対象にしたそうで。――でも急な話だったから、転職活動もままならなくて」

「あら、それじゃあ生活に支障が出てしまいそうですね。大丈夫ですか？」

「あの人が『一緒に住めば金銭的負担も減るから、同棲しないか』って誘ってくれたから、そこは何とかなりそうですけれど」

「あの人って、声優の……？」

「はい。でも、表現関係の活動は、勉強も含めて一旦おあずけですね……。――いつもの、ください。こういうときこそ、しっかり験担ぎしなきゃ」

そう言って日向子が頼んだのはフルーツパンチだった。もちろんあの特別製のものではなく、ごく普通のシラップと果物で作られたものだ。

日向子にとって、ほんのちょっとの〈愚痴混じりの報告〉とたくさんの楽しい雑談をして、そしてレジスターと一騎打ちをして帰るまでに食べる〈験担ぎのフルーツパンチ〉はもはや毎月の癒やしであった。

しかしこのときを境に、日向子の話は〈愚痴混じりの報告〉ばかりとなった。それどころか「どうせ私なんて」という怨嗟が追加されるようになった。

パンチに浸かる黄桃を睨みつけながら、はたまた見つめて泣きそうになりながら「私が食べたはずのお月さまはどこ？」「やっぱりおまじないなんて効き目がなかったんだ」とつぶやくようにもなった。――残念なことに、フルーツパンチは日向子を全く癒やせなくなってしまったのだ。

とうとう、日向子の瞳から光が完全に消え失せた。

怒りを燃料としていたとはいえ燃え続けることができていた〈心の炎〉も、すっかりと消えて炭すら残っていない状態になってしまったのだ。そして気がつけば、日向子は喫茶月影に来店すること自体をやめてしまったのだった。

日向子が姿を現さなくなってから二年ほど経ったある日、店主は来訪者を出迎えるなり驚いて目を丸くした。――やってきたお客様は、なんと日向子だった。彼女は不健康なほどに太ってしまっていたが、しかし表情はまるで憑きものが取れたというかのように穏やかだった。

「マスター、やだなあ。そんな驚かないでくださいよ。……水瀬さんも、やっほーでーす！」

日向子が初来店時にスパゲティを食べていた初老の男性――水瀬は目をしばたかせながら、

バタバタと手を振ってくる日向子に手を振り返した。

「日向子さん、失礼だが、君は今、健康なのかい？　それとも、不健康なのかい？」

「うーん、健康といえば健康だし、でもとっても不健康ですねえ」

「随分と哲学的な答えだねえ……」

　水瀬が苦笑いを浮かべると、日向子は水瀬に相席を願い出た。水瀬が許可を出すと、日向子は笑顔で彼の向かいに腰を落ち着かせた。

「会社をクビになってから、私ってば愚痴ばかりこぼすようになっていたでしょ？　実はあのころ、これまた不運としかいいようがない、自分ではどうしようにもないトラブルに巻き込まれてたんですよ。トラブルの連続で心がすり減っちゃって、気がつけば家から出られなくなっちゃって。……心の元気が完全になくなってしまうと、駄目ですね。体のほうも動かせなくなって、一年くらいほぼ寝たきりでした。食も細くなって食べらんないのに、体を動かせないから太っちゃって太っちゃって」

　とても大変だっただろうことをあっけらかんと話す日向子に、水瀬も店主も困惑した。そんなことはお構いなしとばかりに、日向子は笑顔で明るく話を続けた。

「寝たきりだったときは、そりゃあもう『どうせ私なんて』の極みだったんですけど。少しだけ心に元気が戻った瞬間でもあったのかな、ある日ふと荒れ放題の部屋を見て、『これは、いくらなんでもヤバイな』って思ったんです」

店主は不思議そうに首を傾げた。何故なら、日向子は同棲していたはずなのだ。水瀬も同じように思ったのか、心配そうに日向子に尋ねた。

「同棲すると言うから、てっきりお付き合いを始めたもんだと思っていたんだが。もしかして、別れてしまったのかい？」

「いいえ、今もちゃんと一緒ですよ！　――臥せってしまった私の面倒を見るのと、自分のやるべきことをやるので精一杯で、彼、部屋の片付けまで手が回らなかったんですよ」

日向子は慌ててそう答えると、申し訳なさそうに笑って頬を掻いた。水瀬は苦笑いを浮かべると、言いづらそうにもったりと返した。

「こう言ってはなんだが、よく彼に見放されなかったねえ……」

日向子は何度もうなずくと、店に来られなかった間のことを話し始めた。

足の踏み場もないほど散らかった部屋と疲弊した彼を見て「いよいよ、これはまずいぞ」と思った日向子は、ないに等しい体力を振り絞って少しずつ部屋の片づけをしたという。そのときに「この部屋は私の心だ」と思ったのだそうだ。

「私、網が欲しくてこのお店に来ましたけれど。でも、最初から網を持っていたんですよ。心にね。というか、心自体が網だったっていうのかな。――心の中の小さな私は、大きな網の底にいるんです。それで、何度も悲しいことがあって網に大穴が開いちゃって。繕う端から破れていくから、それで余計に悲しくなって足元にある穴しか見なくなっちゃって」

「だから、穴の空いていない新しい網が欲しかったんですね」

「でも心こそが〈網〉なんだったら、そりゃあ新しい網というのは手に入らないよなあ」

店主と水瀬にうなずくと、日向子はしんみりとした声で言った。

「初めてこのお店に来たときにはすでに、私は真っ暗闇の中にいたんです。気がつかないうちに怒りや悲しみが網目よりも大きくなっていて、頭上をすっかり埋めつくしていました。本来だったら、〈心の底にいる、小さな私〉が網目よりも大きなものは力の限り網の外に投げ飛ばすんですけれど。投げ飛ばせないほどに押し込められて、そして私には何の光も届かなくなっていたというわけなんです」

心を汚していたゴミが現実のものとしても溢れていたから、部屋は悲惨な状況となっていたのだろうと日向子は思った。

だから、部屋の中の要らないものを片っ端からゴミ袋に詰めていった。するとどうだろう、捨てることを繰り返し部屋が綺麗になるにつれ、心の中もすっきりとしてくるではないか。

部屋の中が軽くなるたびに心も軽くなっていくのを感じた日向子は、無心で片づけに没頭した。気がつけば、相当量のパンパンになったゴミ袋を捨てることとなった。

そこまで聞いて、店主は首をひねった。どうしたのかと日向子が尋ねると、店主はしどろもどろになりながら彼女に尋ね返した。

「あの、もしかしてなんですけれど、日向子さんの住んでいらっしゃるアパートに、富岡さんっていう画家の方がアトリエを構えていらっしゃったりします……？」

「えっ、何で知ってるんですか⁉　たしかに、富岡さんのアトリエはありますけれど！」

驚く日向子に、店主は申し訳なさそうに少しばかりうつむいた。

「先日、富岡さんがお客様としていらっしゃったんです。実はそのときに、ちらっと『日向子さんという歌手志望の方が大片付けをしていた』という話を聞きまして。それで、今のお話をお聞きして、これってもしかして、同一日向子さんかなあ、と……」

「やだ、恥ずかしい！　何勝手に人の話してるのよ、富岡さん！　……ていうか、奥に飾ってある蓮の花の絵、もしかして富岡さん作⁉」

顔を真っ赤にしてアワアワとする日向子に、店主は再度申し訳なさそうに頭を垂れた。

日向子は大きく息をついて気を取り直すと、自身の話に戻った。

「部屋が綺麗になったら、心もすっかりとスッキリして。そしたら、気づいたんです。私、ちゃんとフルーツパンチのおまじないが効いてたんですよ。ただ私が、自分の手元足元ばかり見てたから気づかなかっただけで。……私は、ちゃんと〈お月さま〉を手に入れていたんです」

月一の報告会の際に「いつになったらお月さまを手に入れられるのか」と落ち込んでいた日向子だったが、日向子はちゃんと、それを食べてすぐに手に入れていたのだ。そのお月さまとは、舞台のワークショップオーディションで出会った彼だった。

「彼はずっと私に寄り添って、『大丈夫だよ』って言ってくれてたんです。血の繋がった家族ですらそんなこと言ってくれなかったし、私のことを捨てたのに。でも〈心の網〉がゴミでいっぱいだったから、その優しい言葉を掬い取れなかった。〈心の中の小さな私〉も網の底に押しやられていたから、その声も温かな光も、きちんと受け取れなかった。——そこに至るまでにつらいこともたくさんあったけれど、でもちゃんと気づくことができたから、ようやく本当の自分と本当の癒やしを得ることができたんです」

ちなみに、片づけには他にも良いことがあった。

日向子が体力を取り戻すのに一役買ったのだ。だが外出したら数日は疲弊して寝込んでしまうそうで、全快したとは言い難いので、それで「健康だけど、不健康」ということらしい。

「あら、だったら焦らず全快なさってからいらしてくだされればよろしいのに」

店主が心配そうに表情を暗くすると、日向子は照れくさそうにもじもじとした。

「陰気が不運不幸を呼び込んでいたんですかね、心の網の中が綺麗になってからはいいことづくめで。……それで、ご報告がありまして。私、このたび結婚することになりました」

日向子の嬉しい報告に、店主と水瀬は顔を見合わせると嬉しそうに笑いあった。

お祝いにと水瀬が奢ってくれたフルーツパンチを嬉しそうに食べる日向子に、店主はそう尋ねた。

「家庭に入って、彼を支える側に回るんですか？」

すると、日向子は曖昧な返事を返した。不思議そうに首を傾げる店主に、日向子は笑顔で胸を張った。

「月明かりのおかげで行くべき道はよく見えるようになったし、携（たずさ）えてる網も中に詰まっていたものが無くなって軽くなったでしょ？　だから私は、どこにだって、何だって、取りに行くことができるんですよ！　それこそ、あのときは食べられなかった、たくさんのお星様だって……！」

そう言う日向子の瞳には、力強い光が戻っていた。以前のような怒りの炎ではなく、希望に満ちた暖かな光だ。前を向く日向子の姿に、店主は安堵するとともに嬉しさで胸をいっぱいにした。

日向子は照れくさそうに頬を掻くと、名前の通りの向日葵(ひまわり)のような笑顔をその顔に咲かせた。そしてポツリと付け加えた。

「もちろん、どこに行こうが何をしようが、私を照らし導いてくれるお月(かれ)さまのことは、何よりも大切にするけれどね」

すると、レジスターが沈黙を破った。念願の音を耳にした日向子は一瞬驚いた表情を浮かべたあと、「祝福の鐘の音みたい」と言って再び弾けるように笑ったのだった。

第6話　幸せ味の角砂糖

むかしむかし、とある地方で、何年も雨が降らずに土地が干上（ひあ）がってしまうということが起きた。新しく井戸を掘ってみても水は出ず、雨乞（あまご）いも全く効果はなかった。

集落によっては、なけなしの食料だけでなく娘を贄（にえ）に捧げたところもあったという。しかし神の雫（しずく）を天より賜（たまわ）ることは叶わなかったため、人々はほとほと困り果てた。集落のいくつかは、この状況に耐えきれず消失してしまったそうだ。

もう打つ手が何もなくなろうというころ、残っていた中で一番大きな集落の地主（じぬし）が不思議な術士（じゅつし）を連れてきた。術士は龍（りゅう）の姿をした水神（すいじん）様を呼び出すと、たちまち雨を降らせて乾いた土を湿らせた。

水神様の雨は何日も降り続いたので、ひび割れた大地はすっかりと潤った。そして雨を降らし終えた水神様はそのまま大地に寝そべると、美しい川へと姿を変えた。

人々は窮地（きゅうち）を救ってくれた水神様に心からの感謝を伝えるべく、大きなお社（やしろ）を立てて祀（まつ）ることにした。術士を連れてきた大きな集落が中心となり、この一帯全ての集落で水神様を大切にしていこうということになったのだ。

人々は水神様のことを敬愛の念を込めて〈水瀬さま〉と呼んだ。こうして、水瀬さまは人々から末永く愛されることとなった。

水瀬さまの川の水は、消えてなくなってしまった集落の跡地に美しい池や沼をいくつかお作りになった。その池沼の周りには新しい集落ができあがっていった。

人々が戻ってくるのと同時に、その土地に住まう神様も生まれ増えていった。たとえば、睡蓮が美しい池のすぐそばに塚があり、そこに子だくさんの狐が住んでいた。池のすぐ近くの集落の者は、この狐に親切にしたそうだ。すると、豊穣が続いたという。人々は狐の住まう塚を、末広がりの八を頭につけて〈八塚〉と呼ぶようになった。そして〈八塚のお狐さま〉はいつしか、子宝の豊穣の神として祀られるようになったそうだ。

この地に住まう神様の逸話は他にもあるのだが、せっかく〈この地で存在も力も最も大きな水瀬さま〉のお話に触れたので、その水瀬さまのもとで生まれた〈最も小さな集落で大切にされた、この地で一番小さな神様〉についても言及したいと思う。――これは、賀珠沼町がまだ名もない小さな集落だったころのお話である。

むかしむかしの、そのまたむかし。水瀬さまという水神様が乾いた土地を潤し、大小さまざまな池沼をお作りになった。

人々はそれらの周辺にいくつもの集落を作ったのだが、一番小さな沼だけは周辺ではなく、それを取り囲むように集落が作られた。そのくらい、その沼は小さかった。

この小さな集落は水瀬さまのお社から離れたところにあったので、集落の住人たちが直接水瀬さまのもとに足を運ぶのは少々大変であった。なので住人たちは、水瀬さまゆかりのこの沼を、水瀬さまに詣でるような心持ちで大切にしていた。

すると、池の一部に小さくも美しい蓮の花が咲くようになった。そしてたくさんのヒキガエルがそこに住むようになったので、沼は〈かわづぬま〉と呼ばれるようになった。

ある日のこと。ここから遠くの大きな土地のお姫様が、この小さな集落にお立ち寄りなされた。お姫様は近々さらに遠くの地へと嫁がれるそうで、その前に子宝祈願をしておこうとお思いになられたのだとか。

お姫様の住まう土地にも子宝にまつわる神様はおいでなのだそうだが、〈八塚のお狐さま〉のお話を耳にして、直感的に参拝はここにしようとお思いになったのだという。

お姫様は自力で参拝しにいかねば意味がないとのお思いから、わずかなお供を連れて徒歩で参られた。〈かわづぬま〉を愛おしそうに眺めながら、お姫様は出迎えてくれた住人たちに仰った。

「八塚さまに詣でる道中で美しい沼が拝見できると伺いまして。蓮の葉も愛らしいし、カエルの鳴き声が不思議と心地よくて素敵ですね」

「へえ、へえ。そうでございましょう。名前も何もない小さな集落で唯一の、とても大切な宝物でございます。今はまだつぼみですが、もう少しあとの季節になりますと、花がそれはもう美しく咲くんでございますよ」

住人たちは嬉しそうにそう答えると、お姫様御一行を精一杯もてなした。つかの間の休息に感謝すると、お姫様は八塚さま詣(もう)での旅路へと戻られた。

翌日、お姫様は再び集落にお立ち寄りになった。八塚さまへのお参りも無事に済んだであろうに、お姫様は何故か悲しみに暮れ泣きはらしておられた。

何でも、成婚の証(あかし)としてお相手よりいただいた大切なかんざしを失くしてしまわれたのだとか。

「遠いところにおられるあの御方の代わりとして、かんざしを持って参りました。八塚さまでの参拝を済ませて、今日はもう遅いからということで、宿を求めて水瀬さまの辺りにまで足を伸ばしました。夜、湯浴みのために着物を脱いでみましたら……胸元に忍ばせてあったはずのかんざしが無かったのです」

かんざしは、〈かわづぬま〉までは、たしかにあったのだという。だからきっと、〈かわづぬま〉と宿の間のどこかで落としたに違いない。——そう思い、お姫様一行は昨日お立ち寄りになった場所を丁寧に探して回ったのだそうだ。だが、見つけることは叶わなかった。

なので、わずかな希望を胸に、この集落まで戻ってきたのだとか。

「珍しい、黄色の丸い珠の飾りがついたかんざしなのですが……。ここに落ちてはおりませんでしたか？」

悲壮感漂うお姫様の姿に胸を痛めた住人たちは、集落中を隅から隅まで探してみましょうと請け負った。しかし、どこにもそれらしいものは落ちてはいない。とうとうお姫様は泣き崩れてしまいになり、お供が腰の刀に手をかけた。

「名もないほどの、何もない集落なのだ。どの者も、貧困に喘いでいたのではないか？　貴様らが姫様の大切なかんざしを盗ったのであろう」

「なんて失礼なことを言うのです。この方たちは、私たちを丁寧にもてなしてくださったではありませぬか。あの綺麗な沼を愛するこの方たちが、そのようなことをするはずがありませぬ」

抜刀(ばっとう)して構えるお供の前に立ちはだかると、お姫様は住人たちを必死に守ろうとした。しかしお供は頭に血が上ってしまったのか、一向に刀を収める様子はなかった。

「姫様、そこをおどきください。――さあ、貴様ら。悪いことは言わぬ。正直に申すのだ。言わぬなら、言うまでひとりずつ斬(き)り捨てるまでだ」

もちろん、住人たちにそのような悪さをする者などはいない。しかしお供は聞く耳を持たず、刀を手にしたままジリジリと間合いを詰めてくる。

そしてとうとう、お姫様はお供に押しやられてしまった。

お供が刀を振り上げあわやというところで、とても不思議なことが起こった。〈かわづぬま〉がほんのりと光を放ちだしたのだ。お姫様もお供も、そして住人たちも慌てて沼に駆け寄り、みんなで沼を囲んで様子をうかがった。

すると、底のほうから光がだんだんと近づいてくるではないか。

「おお、これは立派なヒキガエルじゃ。もしや、沼の主かのう？」

「口に何かを咥(くわ)えているぞ。――もしかして、姫様のかんざしじゃあないか？」

蓮の葉の上にヒキガエルがぴょこんと乗り上げると、つぼみがたちまちふっくらと丸みを帯びた。

そしてお姫様が「私のかんざし！」と感嘆なさると、蓮の花が見事に咲きほころんだ。

「姫様のかんざしも見つかって、つぼみだった花も咲いて！　まるで、奇跡のようだなあ！」

「姫様のかんざし、真ん丸お月さまのようで美しいのう。ちゃんと見つかってよかったわい」

住人たちが喜びの声を上げる中、お姫様は震える手でヒキガエルからかんざしをお受け取りになられた。

「ああ、よかった。私の命よりも大切な、あの御方のお気持ちの証……。戻ってきてくれて、本当によかった……！」

喜びで感極まったお姫様は、かんざしを胸に抱いて涙なされた。そしてヒキガエルと住人たちに、いつまでもいつまでも感謝なさったという。

以来、住人たちは沼のヒキガエルを〈かわづさま〉と呼び、失せ物探しの神様として大切にした。小さな集落だったのでお社を建てるまでの余裕はなかったが、代わりに、沼の手入れにいっそう力を入れるようになったそうだ。すると今までよりもさらに、沼を訪れる旅人が増えていったという。

いつしか名もなき小さな集落は〈かわづぬま〉から一文字略して〈かづぬま〉と呼ばれるようになり、おめでたい珠の沼と当て字されて賀珠沼と記されるようになった。

また失せ物探しの神様だった〈かわづさま〉のご利益は、人々のうわさによって〈失せ物が見つかる〉から〈得たいものが得られる〉へと転じ、そして〈願いごとが叶う〉と内容が変遷していったそうだ。

——こうして最も小さな集落は、名前とともに愛すべき神様も得たのであった。

店主はレジスターを開けると、中から硬貨のようなものをたくさん取り出した。これは、強い願いを胸に秘めて喫茶月影を訪れた人々からお代としていただいた〈笑顔〉だ。お客様

が心からの笑顔を浮かべると、レジスターはそれを硬貨のような形に変換してくれるのだ。

ひとりのお客様からいただくお代の量は、それだけでレジスターの中が満杯になるほどである。なのでお代をいただいたあとは必ず、レジスターの中を空にしておく必要があった。

またこの〈笑顔の硬貨〉は神様たちにとって最高の甘味なのだが、そのままでは硬さや大きさ的に食べづらいという難点があった。

そのため、店主はこれを材料にあるものを手作りしていた。――それは、角砂糖だ。

まず、レジスターから取り出した〈笑顔の硬貨〉をすり鉢に入れ、すりこぎで適当な大きさに砕く。次に月桂樹の葉から集めた朝露を、ほんの少しだけ垂らし入れる。ほんのりと湿るくらいの、ザクザク感が残る程度である。あまり入れすぎてしまうと〈笑顔〉が溶けてしまうので、注意が必要だ。
次に、朝露で湿らせた〈笑顔〉を型に詰めて、押し型で強く押しつける。冷蔵庫で一日冷やしてしっかりと固まったら、トントンと叩いて型から取り出す。――幸せ〈笑顔〉味の角砂糖の完成だ。

完成した角砂糖はひとつの瓶(びん)に全て詰めるのではなく、いくつもの瓶に分散させて詰める。人によって〈笑顔〉の色が異なるので、見ているだけで楽しいカラフルな瓶ができあがる。これを、神様のお客様からお茶や珈琲のオーダーをいただくたびに、飲み物と一緒にお出しする。そして神様のお客様は嬉しそうに瓶の中を眺めて吟味(ぎんみ)すると、ひと粒だけ選んで飲み物と一緒に楽しむのだ。

「ああ、これはココアくんの〈笑顔〉だね」
「やっぱり、味を見るまでもなく分かりました？」
初老の男性――水瀬は茶色い角砂糖をシュガートングでつまみ上げて笑うと、店主も微笑みを浮かべた。まるでココアの香りが漂ってきそうなブラウンのそれを珈琲に落とし入れると、水瀬は愛(いと)おしそうにスプーンを差し入れた。
スプーンをクルクルと動かして角砂糖を溶け込ませていると、立ち上った湯気にココアが過ごした幸せな日々が映っては消えた。それを嬉しそうに眺めながら、水瀬は目尻を優しく下げてスプーンを置いた。

「そういえば先日、ココアくんに会ったよ。『きっとまた、すぐに会える』と飼い主の真由美さんと約束していたが、本当にすぐさま戻ってくるとはねえ。驚いたよ」

「もしかして真由美ちゃんのお式って、水瀬さまのところだったんですか？　あたしもこの前、あの子に会ったんですよ。『お式の直前に妊娠したと分かったから、どうか何事もなくお式を終えられますように』って、真由美ちゃんがうちに来ましてね。『あら、めでたい』と思って見ていたら、まあびっくり、お腹の中にココアくんがいるじゃあないの！」

　大仰に驚いた素振りでそう言う壮年の女性――八塚に、水瀬はにこやかにうなずいた。そして水瀬と八塚は揃って店主に「マスターは？」と声をかけた。カウンター内で作業をしていた店主は振り返ると、ふたりに笑顔を向けて返した。

「真由美さん、結婚と妊娠の挨拶のために来店してくださって、それでココアくんとも会えましたよ。真由美さん分のお代も、その際にいただきました。それから、真由美さん、よく〈私〉に手を合わせてくれるようになったんですよね。――今となってはゆっくりと〈私〉に手を合わせてくれる人間(ひと)もいなくなったから、久々のことで結構こそばゆいですね」

　まだ沼がこの地に存在していたころ、人々は前を通りかかるたびに手を合わせてくれていた。しかし都市の近代化が進み区画が整理されていく過程で、賀珠沼町から〈かわづぬま〉は消えることとなった。

それでもどうにか沼を残したいと思った住人たちは、行政と掛け合って井戸を掘る許可を勝ち取った。

そのため、七曲りの交差点の一角には覆屋で囲まれた小さな井戸がある。

覆屋は賀珠沼の町内会長によって管理され、今でも住人たちに大切にされている。

だが姿かたちが変わったことにより、昔のような〈神聖な場所〉というよりは〈ご婦人たちが井戸端会議を行う、ご町内の憩いの場〉として愛されるようになったため、ゆっくりと手を合わせて願いごとを唱えるという者をとんと見かけなくなったというわけだ。

「かわづさん――マスターが茶屋をやろうと思うと言い出したときは、本当に驚いたものだが。おかげさまで私も、こうやって〈笑顔〉をいただくことができて、ありがたいかぎりだよ」

そう言って水瀬は笑うと、カップを持ち上げた。

口に運んだ珈琲が舌に触れると、飲み物のココアを作りながら目を輝かせていた〈あの日のココア〉がまぶたに浮んだ。

香りが鼻から抜けると、初めて飲んだココアの味に感動するココアの笑顔が水瀬の胸のうちを温めた。そして喉を通り胃の腑を温めると、ココアに感謝する真由美の笑顔が体中を温めた。水瀬は心なしか驚いて、きょとんと目を丸くした。

「おや、真由美さんの〈笑顔〉とブレンドしたのかい?」

「ええ。ココアくんの〈笑顔〉は、真由美さんの〈笑顔〉とともにあるべきだと思いまして」

　笑顔でそう返しながら、店主は八塚にティーカップを運んだ。八塚は目の前に置かれた紅茶をそわそわとした面持ちで見つめながら、いそいそとシュガーポットに手をかけた。

そしてポットの中に視線を落としたまま、心なしか首を傾げて言った。

「いやでも、『おかげさまで、私も』とおっしゃいますけれど、水瀬さまはいつでも〈笑顔〉をいただけるんじゃあないですか? ここいらで一番大きな神社なんですし、参拝客もたくさんいますでしょ」

「それがだね、願掛(がんか)けばかりで成就(じょうじゅ)の報告はほとんどないんだよ。婚礼(こんれい)のときや例大祭(れいたいさい)のときに人々の笑顔を見ることはできるが、いただくのはなあ。こればかりは、成就の報告や感謝をしてもらわないと。だから『初詣(はつもうで)のときに昨年のお礼を添えてくれる人のおかげで、わずかにいただけているかなあ?』くらいなんだよ」

　神様たちは、畏怖(いふ)や敬愛、感謝などの〈人々の思い〉を糧(かて)にしている。だから願掛けなど頼りにしてもらえるだけでも、一応腹は満たされる。

　だが神様も人間と同じで「ただ腹がふくれる」ばかりでは心までは満たされない。極上の甘味をいただいてようやく、心が満たされるのだ。

店主――かわづさまはご町内から愛されており、そのおかげである程度は満たされていた。しかし〈願いごとを叶える〉という神様としての仕事を全うできなくなっていたため、何となく空腹感が残るような状態だった。それを解消するために作ったのが、この〈喫茶月影〉なのだった。

――満月の夜に強い願いを抱えた人がやってくると、覆屋のある辺りに〈八番目の曲がり角〉ができる。影に誘われて喫茶店にたどり着いた人は笑顔になることができ、かわづさまは神様としての存在を保つことができて一石二鳥、ウィンウィンというわけだ。

そして、かわづさまはいただいた〈笑顔〉を、他の神様たちにもおすそ分けしようと思った。この幸せや喜びを分かち合いたかったたし、〈笑顔〉の味を忘れてしまうのはとても寂しいことだと思ったからだ。

――というわけで、人間以外のものもお客様として来店するようになった。その中でも、水瀬や八塚などは喫茶店開業以来の常連さんなのであった。

「うーん、いい香り。なんていうか、真夏の向日葵を連想させるような……。やっぱり、いつも味わうのとは違う〈笑顔〉は香りも違うねえ。さあて、どれどれ……」

八塚は角砂糖の香りをスンスンと確かめると、さっそくティーカップにそれを投入した。

ひと口飲んだあと、八塚は思案顔で首をひねった。

「ん？　なんだ、この歌声。飲んだら映像じゃなくて、歌が聞こえてきたんだけど。この歌、どこかで聞いたことがあるような……」

「あ、それは日向子さんの〈笑顔〉ですね。彼女、今期のドラマの挿入歌でこっそりと使われて『あれ、誰⁉』という感じで話題になってるみたいなんですよ！　女性に人気のドラマだそうなので、八塚さまのところに子宝祈願か成就の報告に来られた方が、口ずさんだりしていたんじゃないですかねえ？」

　へえ、と感心する八塚の横で興奮気味に頬を染める店主に、水瀬が呆気にとられてポカンとした。

「君はインターネットには疎いのに、ドラマには詳しいのかい」

「だって、ご町内のご婦人方が〈私〉の前でよく盛り上がっているんですもの。買い物に出た先でも、やっぱりドラマのお話をよく聞きますし」

「ああ、それで気になってテレビを買ったというような話を何年か前に聞いたなあ、たしか」

　水瀬は苦笑いを浮かべつつも、納得してうなずいた。店主はプウと頬を膨らませると、拗ねた素振りで返した。

「私は水瀬さまと違って、お賽銭を〈でんしまねー〉とやらでいただいたり、〈ほうむぺえじ〉というものを構えたりはしておりませんので。ハイカラなことに疎いのは仕方がないんです」

「いやいや、〈今期のドラマ〉という単語が出てくる時点で、十分にハイカラだと思うよ」

水瀬は席を立つと、珈琲のお代を支払った。人間が使うのと同じお金で、だ。

水瀬はニヤリと笑うと、財布を懐にしまいながら言った。

「でも、賀珠沼の人たちも、まさか自分たちが大切にしている神様が、自分たちの商店街に買い出しにきているとは思いもしないだろうなあ」

「ああ、そっか。このお店、不思議メニューのための不思議な材料以外のごく普通のものは、どれもご町内で調達しているんだっけ」

水瀬や八塚のお財布は、自分の神社の賽銭箱(さいせんばこ)と繋がっている。彼らはそこからお茶代を支払っていた。そのお金で、店主は必要品の買い出しを行っていたのだ。

カップを置きフウとひと息つきながら、八塚はニカッと笑って「マスターってば、本当にこの町が好きだねえ」と付け足した。

店主は照れくさそうに頬を掻き、水瀬はそんな彼女を見て嬉しそうに笑みを浮かべた。

そして八塚に「じゃあ、お先に」と声をかけ、店主に会釈をすると、水瀬は自分のお社へと帰っていったのだった。

第7話 エネルギッシュ！ パッションブラウニー

初老の男性客・水瀬は目の前に運ばれてきたパフェに目を輝かせると、どこから食べようかと迷うようにそわそわとパフェのあちこちに視線を走らせた。そして柄の長いスプーンを持ち、ここぞというところを見定めると、緊張した面持ちでスプーンを差し入れた。

水瀬は綺麗にトッピングされたアイスやクリーム、フルーツがこぼれ落ちぬよう、細心の注意を払ってスプーンをパフェから口へと運んだ。

黒蜜がたっぷりとかかった抹茶(まっちゃ)アイスにパクリと食いつくと、水瀬はつかの間の幸せに頬を緩めた。至福の息をつこうとした瞬間、水瀬は何かに気がつき窓の外に目を向けて、そして盛大にむせ返った。

うつむいたまま苦しそうに悶絶(もんぜつ)している水瀬に、店主は水差しを抱えて「大丈夫ですか」と駆け寄った。すると水瀬は顔を上げることなく、静かに窓の外を指差(ゆびさ)した。

水瀬の指に導かれるように首を窓のほうへと振った店主は、ひどく身をすくめて驚きながら小さく悲鳴を上げた。――とても小柄な女の子が、窓にべったりと張りついて水瀬を凝視(ぎょうし)していたのだ。

「渋イケオジがウキウキしながらパフェを頬張る姿が、尊すぎて、つい……」

窓に張りついていた女の子を店に招き入れ、空いている席に座らせて、事情を聞いてみるとそんな答えが返ってきた。

店主と水瀬が呆れてポカンとしていると、女の子――ほなみはマイペースに話を続けた。

「ネットのうわさを頼りにお店を訪ねてみたら眼福(がんぷく)な光景が広がっていて、マスターさんが声をかけてくれなかったら、うっかりそのまま満足して帰るところでした……」

「うわさですか。うちのお店、どんなふうにうわさされているんですか？」

店主は期待で瞳を光らせた。しかしほなみが悪びれることなく「変な髪色の」と言い出したので、店主は額に片手を当ててがっくりと肩を落とした。

ほなみは不思議そうに首を傾げると、落ち込む店主を見上げて尋ねた。

「どうしたんですか？」

「いえ、前にも、うわさを頼りにご来店くださったお客様に同じことを伺ってみたことがあるんですけれど……。まさか、そのときと全く同じことを言われるだなんて……」

「まあ、ネットのうわさなんて悪口と一緒で、おもしろおかしくはやし立てられることのほうが多いですからね。気にしないほうがいいですよ」

　自身もうわさや悪口で嫌な思いをすることが多いのか、ほなみの表情は「気にしないほうがいい」と言いつつも自嘲混じりで冷ややかだった。

　同意しつつも意気消沈したままの店主を見兼ねて、水瀬が苦笑いを浮かべて言った。

「そんなに気になるなら、いっそステルスマーケティングのようなことでもしたらどうかね。たとえば、ゆるキャラマスコットを用意して、そちらに注目が行くようにお客のふりをして自分で書き込みをするとか――」

　店主は理解が及ばぬというかのように目をしばたかせた。そしてハッと息を飲むと、神妙な面持ちで水瀬を見つめた。

「何だかよくは分からなかったんですけれど、たしか、水瀬さまのところにも可愛らしいマスコットがいましたよね。もしかして、そういう……？」

「いや、うちのアレはそういうためのものではないが……」

　水瀬が困り顔で頬を引きつらせると、ほなみが興奮気味に食いついてきた。

「おじ様は、もしかして会社経営か何かなさっていらっしゃるんですか？」

「ああうん、会社というか、神社なんだがね」

　はぐらかすことなく、しかし言葉を濁すように、水瀬は尻すぼみにそう答えた。ほなみにとっては満足のいく回答だったようで、彼女はときめき顔を浮かべると吐息とともにポツリとつぶやいた。

「渋イケオジの神主姿、いい……。尊い……」

「あの、何やら浸っていらっしゃるところに申し訳ないんですけれど。また〈来店の目的〉をお忘れになりかけていらっしゃいますよ？」

あ、と一瞬だけ間抜けな顔をすると、ほなみはそれをごかますように何度かまばたきをしながら小さく身じろいだ。そして気を取り直すと、ほなみは店主をじっと見据えて言った。

「食べたらたちまち太れる何か、ありますか？　ここって、アッと驚くような不思議な食べ物を出しているんでしょう？　だったら、そういうのもきっとありますよね？」

「ごめんなさい。さすがに、魔法のようにたちまちというものは無いんですよ。きっかけになるようなものなら、お出しできはしますけれども。――どうして太りたいのか、お嫌でなければ理由をお聞かせ願えませんか？」

「言うまでもなく、見れば分かると思うんですけど……」

ほなみは苦い顔を浮かべて店主を睨んだ。何故なら、ほなみは体格が小さいだけでなく、誰が見ても心配するだろうほどガリガリに痩せていたからだ。

ほなみはため息をつくと、渋々理由を話し始めた。

幼稚園のころから、ほなみの体は誰よりも小さかった。背の順で並べば、常に一番先頭。学年で一番背の高い友達と一緒に遊んでいると、必ず友達が「小さい子の面倒を見てあげて、偉いわね」と声をかけられるほどだった。

友人たちと体格差があることについて、小さいころはまだ、ほなみはさほど気にしてはいなかった。少しだけ残念なことがあるとするならば、遊んでいる途中でほなみだけ休憩をしないといけないことくらいだ。

そんなときは決まって、ほなみはひとりでちょこんとベンチに腰を掛けて、元気に公園内を駆け回り続けている友達を羨ましいと思いながら眺めていた。

小学校高学年に上がると、周りの女の子たちに少しずつ変化が訪れた。好きな男の子の話で盛り上がったり、おませな子などは彼氏を作ったりもした。

早熟(そうじゅく)な子だと身体的にも大人の特徴を示すようになり、ほなみは変化し続けていく友人を眺めながら「私だけ、〈子供〉に取り残されている気がする」と感じるようになった。

だが、自分と友人との間に深刻になるほどの差異はまだないと思っていたので、女の子の間だけでこっそりと行われる〈胸のうちに芽生えた小さな恋心の見せあいっこ〉をほなみも楽しんでした。

そんなほなみの無垢な心がポッキリどころかバッキバキに折られる出来事が、林間学校で川辺に行ったときに起きた。

林間学校での活動のひとつに「誰よりも早く川の流れに乗って進んでいける船を作ろう」という学習テーマがあり、ほなみたちは家で作ってきた発泡スチロール製の船を川で流すこととなっていた。

同級生たちは図鑑で船の形を調べるなどして、思い思いの船を作ってきていた。

女の子たちの作ったものは船の形を簡単に真似ただけというものが多かったが、男の子たちは造形に凝っていた。

たとえば、風を受けて早く川を下れるようにと帆をつけている子もいたし、学習テーマを無視してロマンに走り主砲のようなものを搭載させている子もいた。

しかし不器用だったほなみは発泡スチロールの切り出しに何度も失敗して、船の形すら満足に真似ることができず、筏のような平べったいものしか用意できなかった。

林間学校当日、同級生たちは川岸にある大きな岩を目印に決めると、「誰の船がいち早く岩のある地点を通過できるか」を楽しそうに競いはじめた。

　ほなみはその輪に参加することなく、ひとりで川の端にいた。水着姿を見られるのも、不出来な船を見られるのも、どちらも嫌だったからだ。

　ほなみの船は案の定、水面に浮かぶのがやっとだった。むしろ、川の流れに揉まれて何度も転覆していた。前に進むこともできずに浮き沈みする船の様子に落ち込み、ほなみはため息とともに悲しみを吐き出した。

　すると男の子がひとり、船を競争させていた集団からはずれてほなみのもとへとやってきた。――その子は、ほなみが密かに思いを寄せている子だった。

　彼は「あっちで、みんなと一緒に船を流そう」と声をかけに来てくれたらしい。

　そんな言葉を途中まで口にしたのだが、急に口をつぐんでしまった。ほなみは「好きな男の子に誘ってもらえて嬉しい」と思う半面、「せっかく人目を避けてひとりでいたのに、見られて恥ずかしい」とも思った。

　そして、どうして彼は黙ってしまったのだろうと不安にも思った。すると、彼はほなみと船を交互に見たあと、非情なことを口にした。

「それ、ただの発泡スチロールそのままじゃん。船というよりも、もはや筏だね。しかも、ただ薄っぺらいだけの板状ってのが、ほなみちゃんにそっくりだ」

　彼はおもしろいことを言ったつもりだったのだろう、無邪気に笑みを浮かべていた。それが、ほなみをいっそう傷つけた。

みんなのところへと戻っていきながら「ほなみちゃん、筏だった」を連呼する彼の背中を、ほなみは絶望の眼差しで見つめることしかできなかった。

この一件以来、ほなみは「筏」という不名誉なあだ名で呼ばれるようになり、今まで以上にひとりで過ごすようになった。

中学に上がると、ほなみはますます疎外感を感じるようになった。周りの女子のほとんどが〈大人〉へと変化していくのに、ほなみだけは〈子供〉のままだったからだ。

しかも体力がなく丈夫さに欠けるところも相変わらずで、すぐに倒れたり怪我をしたりしてしまうため、ほなみは体育や部活動に参加することができなかった。

同じ小学校出身の友人たちはか弱いほなみのことを心配してくれたが、他の小学校出身の同級生たちは「私たちだって、こんな面倒なことは参加したくなんかないのに。ほなみはズル休みしている」と陰口を言っていた。

(好きで参加してないわけじゃないのに。私だって、代われるものなら代わりたいよ。私は、あなたたちがやりたくないって思ってる体育も部活も、本当はやりたくてしかたがないんだよ……！)

ほなみは、声を大にしてそう叫びたかった。しかし筏事件以来、人と話すことすら億劫になってしまったほなみには、心の中で泣くことしかできなくなっていた。

高校に上がると、〈自分だけ時が止まっている〉という感覚が〈自分だけ取り残されている〉というものに変化した。

周りの女の子たちは全力で恋をしておしゃれを楽しんで、大人の女性の第一歩を大きく踏み出している。

レディーという名の海原を眼前にして、帆を膨らませ大人という名の航海へと繰り出していく友人たちを見送るほなみは、次第と焦燥感に駆られるようになった。

「最初のうちは『どうせ私なんて筏だし。立派な船であるみんなと同じように恋とかおしゃれとか、そんな冒険できっこないんだ』って諦めてたんです。でも、全然体が成長する兆しが無くて。この年でそれは、さすがに健康面でもよろしくないんじゃないかと思って病院で診てもらったんですけど、『まずは太れ』としか言われなくて。でもたくさん食べるということがまずできないし、そもそも食べること自体が好きじゃないし。無理して食べてみたこともあるんですけど、すぐに苦しくなって吐いちゃったし。何を食べてもあまり美味しいと

は思えないから、おかげで余計に食べらんないし」

「だから、手っ取り早く太れる何かをお求めだったんですね」

そう言って店主が胸を痛めて表情を暗くすると、ほなみは仏頂面でうなずいた。

すると水瀬が腕を組んで、心なしか悲しそうに眉を八の字にした。

「『ほなみさんはすでに、ちゃんと〈大人の女性〉である』と、私は思うんだがなあ。幼い子供のままだったら病院に行ってみようとは思いもつかないだろうし、変わるための努力をしようというところにまで至れずに殻に閉じこもってしまうだろう。しかし、君はどうにかせねばと自ら考え、自ら動き続けることができている。君は、誰がなんと言おうと〈大人〉だよ。だから、健康面ではたしかに気になるところではあるだろうけれども、そこまで発育の遅さを気に病む必要はないいんじゃないかなあ」

ほなみは喜んでいるような悲しんでいるような、そんな曖昧な笑顔を浮かべた。今にも砕け散ってしまいそうな、儚さのある笑顔だ。

「〈おじ様〉は私のような小娘のこともきちんとレディー扱いしてくれるので、本当に尊いです。だから私、〈おじ様〉という存在を尊敬してやまないいんですよね。逆に、同世代の男の子たちは、私のこと筏扱いですからね！　本当に嫌になっちゃう！　――でも、やっぱり私も年頃の女の子ですから。誰からも女の子扱いされたいいんですよ。みずぼらしい筏じゃなくて、ちゃんと女の子として見てもらいたい。それから、女の子らしい毎日を送りたい。別に、恋はしなくてもいいの。ただ、放課後に友達とショッピングしたり、ちょっとしたダンス動画を撮ったりできるくらいの体力が欲しい。それでときどき、男の子にドキッとして。そんな〈普通の女の子〉の生活を送りながら、みんなと同じペースで大人になりたいの。だから、そのためにもまずは太りたいんです」

目にいっぱいの涙を溜めながら、それがこぼれぬようにと必死に顔をしかめて堪えながら、ほなみはもう一度「本当に、早く太りたい」とつぶやいた。

店主はほなみを元気づけるようにニッコリと笑うと、両の手で握りこぶしを作って鼻息を荒くした。

「分かりました、任せてください！　ただ先ほどもご案内しましたように、魔法のようにすぐさま効果が出るというものは無いので、どうしてもお出しができないんです。でも、是非期待していてください！」

そう奮起（ふんき）すると、店主はぴょこぴょことカウンターへと去っていった。少しして戻ってきた店主が運んできたのは、バニラアイス添えのブラウニーだった。

ほなみは目の前に置かれたブラウニーを見つめると、怪訝そうに眉根を寄せた。

何故なら、ブラウニーの厚さが一センチにも満たなかったのだ。

「あの、こういうお店のブラウニーって、普通はもっと厚みがあるものじゃないですか？もしくは、ごろっと塊で出てきたりとか。いくら私の食が細いからって、これはちょっとひどいような……」

「そんな失礼な忖度(そんたく)で薄切りにしたわけじゃないんです。このブラウニー、人間のお客様にお出しできるのはこれが限界なんです。なにせ、エネルギッシュすぎるものですから」

ほなみはいっそう、険しい表情を浮かべた。

店主はあわあわと慌てふためくと、困ったような笑顔を浮かべて手を揉み合わせた。

「このブラウニー、普通のブラウニーではないんですよ。ほなみさんも耳にした〈うわさの不思議な食べ物〉のひとつなんです。材料もね、普通のブラウニーとは違うんですよ」


ブラウニーの材料はチョコレートとカカオマス、バターと砂糖、卵、薄力粉。塩少々にバニラエクストラだ。

カカオは古来より〈神の食べ物〉と呼ばれているだけあって、神様向けに栽培・商品化されているものがある。そんな貴重なカカオから作られたチョコレートとカカオマスを、喫茶月影の特製ブラウニーでは使用している。

バターも特別なもので、牛の神使ブリーダーが自家用に乳を絞って作ったものを分けてもらっている。卵も同じく、神使の鳥由来のものだ。

「お砂糖は蓮の花の蜜ですし、お塩も――。あっ、薄力粉とバニラエクストラはそこの商店街で調達したものなんですけれどもね」

「えっ、何でそこは普通なの？　どうせなら、最後までこだわって欲しかった……」

心なしか不満げに、がっかりしたというかのようにほなみは店主を見つめた。店主は顔を真っ赤にすると、バツが悪そうにもじもじとした。

「薄力粉の在庫が切れているのにうっかり気づかなくて、発注し損なったんです……」

「えええ、それって、本当ならお客さんに出したらダメなやつなんじゃ」

「ご、ご注文いただいたお客様には、いつもと少々違う材料を使っているというのをお伝えして、ちゃんと確認した上でお出ししていますから……！　それに、食べて得られる〈効果〉はほぼ同じですし……！」

ほなみは静かにじっとりと、残念なものを眺めるような視線を店主に向け続けた。店主がいっそう縮こまると、水瀬が苦笑交じりに助け舟を出した。

「まあまあ、ほなみさん。たまにうっかりをやらかすのが、このマスターの可愛いところでもあるんだ。それの味や効果は保証するから、ここは私に免じて大目に見てやってくれないかな」

「はあ、おじ様がそう言うなら……」

ほなみは不承不承うなずくと、フォークを手に持ちブラウニーに差し入れた。そして小さく切り分けたひと口分にフォークを突き立て掲げるように持ち上げると、それをしげしげと眺め見た。

「うーん、見た目は普通なんだよなあ……」

フォークの先に刺さった黒いものを怪しむように睨みつけながら、ほなみは恐る恐る顔とフォークとを近づけた。そして意を決したようにギュウと強く目をつむると、勢いよくパクリと食いついた。

ほなみはゆっくりと目を開けながら、もぐもぐとあごを動かした。しかしすぐに咀嚼するのをやめて真顔のまま微動だにしなくなった。どうしたのだろうと心配した店主が顔をのぞき込むと、ほなみの手からフォークが滑り落ちた。フォークがテーブルの上でカツンと大きな音を立ててもなお、ほなみは固まったままだった。

店主も水瀬も、ほなみの無作法を咎めはしなかった。それよりも、深刻そうな表情のまま動かなくなってしまったほなみを、ふたりはとても心配に思った。

「えっ⁉　ほなみさん⁉　大丈夫ですか？　お口に合いませんでした⁉」

店主がおろおろとしているのもお構いなしに、ほなみはゆっくりとブラウニーに視線を落としてプルプルと震えた。

「あの、ほなみさん？　本当に大丈夫――」

「……美味しい」

「えっ？」

「初めて、食べ物を食べて美味しいと思った……。すごく、美味しい……」

愕然とした面持ちで語られた言葉は、その表情とは真逆の好意的なものだった。店主は思わず、喜んでパアと頬を染め上げた。水瀬は微笑ましいとばかりに小さく笑うと、ほなみに「アイスも食べてごらん」と勧めた。

ほなみは水瀬に向かって静かにうなずくと、握り直していたフォークをスプーンに持ち替えてアイスをひとすくいした。そしてアイスを口に含んだ途端、ほなみは空いた手で口元を覆い隠しガックリと頭を垂れた。

「やばい……。何これ……。めっちゃ美味しい……。濃厚なチョコの味にミルク感たっぷりのバニラが混ざり合って……」

「だろう？　すごく、美味しいだろう」

水瀬の問いかけに、ほなみはうつむいたまま何度も激しくうなずいた。

勢いよく顔を上げると、ほなみは店主を真剣な眼差しでじっと見つめて言った。

「何なんですか、このブラウニーは！　神レベルの美味しさなんですけれど！」

「お口に合ったようで、よかったです」

「正直、最初は疑ってました。うわさのスペシャルフード感を盛り上げようと、メルヘンなことを言ってるだけなんだろうなって。でも、今なら信じられる！　だって、今までは何を食べても美味しいと思えなかったのに、こんなに美味しいんだもん！」

店主は苦笑いを浮かべながら、アイスが溶けるからと食べ進めるよう促した。しかし、ほなみは食べることをためらった。珈琲を一緒にいただいたほうが、よりいっそう美味しいだろうと感じたからだ。

どうしようかとほなみが迷っていると、水瀬が店主に声をかけた。

「マスター、すぐにとびきりの珈琲を入れてあげなさい。——初めて美味しく食べ物をいただけた記念に、おじさんが奢ってあげようじゃないか」

今までにない多幸感に満たされて、ほなみは店をあとにした。

「お代はまた、そのときが来たら」という常識では考えられないことを言われたにもかかわらず、ほなみの頭の中に「本当にそのまま帰っちゃっても良かったのかな」や「なんて不思議なことを言うお店なのだろう」は存在していなかった。

ただそこにあるのは「あのブラウニー、本当に美味しかった……」だけだった。

日常生活へと戻ったあとも、ほなみはブラウニーのことばかり考えていた。

どうしたらまたあの極上のブラウニーを食べることができるのか、そもそも一般の食材で同じものを作ることができるのか。

そんなことを考えながら、ほなみはケーキ屋を巡るようになった。しかしどこの店のものも喫茶月影ほどは美味しいとは思えず、ほなみはしょんぼりと肩を落として母にブラウニーに対する行き場のない思いを吐露した。

すると、母はそんなほなみの様子をたいそう喜んだ。

「お母さん、嬉しいわ！　だって、食べたいものがあるというのは、とてもいいことだもの。食が細いうえに食べ物に執着のなかったほなみが、最近ブラウニーばかり買ってくるようになったと思ったら。そういう理由だったのねえ。――中々同じようなものに出会えないのなら、いっそ自分で作ってみたら？　体調のいいときにおうちでのんびり作れば、疲れて倒れるということもないでしょう」

最初、ほなみは母の提案を断った。何をするにしてもすぐにくたくたになってしまう自分には無理だと思ったからだ。

しかし、それでも母はこっそりとレシピ本と道具、そして材料を用意していた。

台所のすみに半ば主張するように置かれたレシピ本を見つけたほなみは、だったら作ってみようかと腰を上げた。

だが、初めて挑んだ本格的なお菓子作りは失敗に終わった。

「初心者向けの簡単なレシピって、嘘じゃん……。全然ちゃんとできないんだけど……」

ほなみは何故かテラテラと油ぎっているブラウニーを前にしながら、ガックリと肩を落とした。

見るからに失敗と分かるそれを「いやでも、味はいいかもしれないよね」とつぶやきながらしばし見つめると、おもむろにスプーンを手にとった。

まだ粗熱（あらねつ）もとれておらず、型からも外されていないブラウニーにスプーンを突っ込むと、ごっそりとすくって口に放り込んだ。

「あっふ！　あふい！　ひかも、おいひくない！」

盛大に顔をしかめ、はふはふと苦しそうに口をパクパクさせながら、ほなみは慌てて水を求めた。

「何が悪かったんだろう……」

コップの中の水を全て飲み干してひと息つくと、ほなみは残念な出来のブラウニーをぼんやりと眺めながらポツリとつぶやいた。

それから何度も、ほなみはブラウニーを焼いた。もう一度喫茶月影に行ってみようかということも頭にはよぎったのだが、何となく、それはしてはいけない気がしていた。——それは悔しい。何だか負けたような気がする。そんなことを思いながら、ほなみは〈理想のブラウニー〉を求めて焼き続けた。

ときには母にも手伝ってもらったし、母だけで作ってもらってみたこともあった。

しかし、母も上手に作ることができなかった。

濡れたように油まみれだったり、生焼けのようにトロトロになったり、逆に全く膨らまずにゴムのようにギュムギュムなものができあがるたびに、ほなみは母と一緒に「何が駄目なんだろうね」と頭を悩ませた。

　ある日の朝、ほなみはブラウニーのことをぼんやりと考えながらホームルームが始まるのを待っていた。すると、クラスメイトのひとりが、仲のいい友達に綺麗にラッピングされたカップケーキをあげているのが目に入った。

　昨日の部活で作ったと言っているのが耳に入り、ほなみは無意識に席を立った。

「ねえ、ケーキってブラウニーも焼いたりする？」

　気がつけば、ほなみはそのように言いながらクラスメイトの肩を叩いていた。普段は誰と会話することもなく教室の自分の席で気配を消しているほなみが声をかけてきたことに、クラスメイトは驚いていた。

　ほなみも、まさかそんな自分がこんな大胆なことをするとは思いもしなかった。我に返ると、みるみる恥ずかしさと申し訳なさがこみあげてきた。

「あ……。突然、ごめんね。今の、忘れて……」

　ほなみは顔を真っ赤にしてうつむくと、蚊の鳴くような小さな声で謝った。そしてぎこちなくきびすを返したのだが、ほなみはクラスメイトに呼び止められた。

「もしかして、澤田さんもお菓子作るの？」

「……あ、うん。最近やりはじめて。でも、レシピ通りに作ってるのに、全然上手にできなくて……」

ほなみは足を止めクラスメイトに向き直ると、勇気を振り絞ってそう答えた。すると彼女は首を傾げて〈どのように失敗してしまうのか〉を尋ねてきた。ほなみがそれに答えると、彼女は思案げな面持ちで言った。

「ゴムみたいになるのは、多分、チョコレート生地と小麦粉を混ぜ合わせるときに練り過ぎなんだと思う」

「そうなの……？　レシピには〈ざっくり混ぜる〉って書いてあったけど、それだとちゃんと混ざらない気がしたっていうか、むしろ混ざってない感じだったんだけど……」

「練りすぎると、グルテンが出てきちゃって粘っちゃうんだよ。グルテンは強くくっつき合うから、それでギュムッとしちゃうの。あと、ギトギトになったり生焼けになるのは、湯煎の温度が高すぎるんだと思うよ」

ちょっと待って、と慌ててスマホを取り出すと、ほなみはいそいそとメモを取った。クラスメイトはもう一度、ゆっくり丁寧に教えてくれた。

「また分からないことがあったら、いつでも聞いてね」

ほなみが感謝すると、彼女はそう言って気さくに笑った。

クラスメイトのおかげで、上手にブラウニーを焼けるようになった。しかし、できあがったそれを試食しながら、ほなみは不満をいだいた。

（ちゃんと焼けたし、多分美味しいんだろうけど、アレの足元にも及ばないなあ……）

それから、ほなみは他のレシピ本に載っている作り方で焼いてみることにした。

アレンジが加わればきっとあの味に近づけるだろうと思ったのだが、思い通りにはいかなかった。

例のクラスメイトにも、オススメのアレンジを聞いてみた。教えてもらい焼くたびに、ほなみはできあがったものを持参して彼女に感謝した。

すると何回目かの〈できあがり報告〉のときに、彼女がニッコリと笑って言った。

「ねえ、澤田さん。〈ほなみちゃん〉って、下の名前で呼んでいい？」

「ええっ⁉　いいけど、どうして急に……？」

ほなみが戸惑うと、彼女はおかしそうにクスクスと笑った。

「そんな、急じゃないよお。もう十分仲良くなったし、そろそろ名字で呼びあうのも他人行儀すぎるかなって」

「そ、そうかなあ……？」

「そうだよお。うちら、もう友達じゃん？　せっかく友達になったんだからさ、もっと仲良くなりたいし。だから、名前で呼んじゃ駄目？」

筏事件以来、〈友達〉というものもほなみは諦めていた。だから他人を避けるように過ごしてきたし、これからもきっとひとりぼっちなのだろうと思っていた。だが、ほなみにはすでに友達ができていたのだ。

その事実に、ほなみは天と地が入れ替わったんじゃないかと思うほど驚いた。そして押し寄せる感動を噛み締めながら、ほなみは一生懸命に首を縦に振った。

それから数回後の〈できあがり報告〉の際に、今度は「料理研究部に入らない？」とほなみは誘われた。一緒にいろんなものを作りながら試行錯誤を重ねていけば、お菓子作りの腕も上がるしアレンジネタも浮かびやすいだろうとの提案だった。

ほなみは表情を曇らせると、不安をポツリと口にした。

「部活なんて、私にできるかなあ……？」

「何で？　もうやってるようなもんじゃん。私とほなみちゃんでさ。変わることといったら、人数が増えるのと、お菓子を作る場所くらいじゃん？　だから、おいでよ。一緒に部活しよう？」

ほなみは頭を殴られたような衝撃を受けた。それと同時に、たしかにその通りだと思った。

体力という心配の種があったので母に相談してみたら、母はあっけらかんと「大丈夫じゃない？」と返してきた。

「でも、本当に大丈夫かなあ？」

「大丈夫よ。だって、最近はもうお菓子を作ってる途中で休憩することなんてないじゃない。体力、結構ついてきたんじゃあないの？」

「そうだね……。そうかも……！」

料理研究部に入ったほなみは、どんどんと調理の腕をあげていった。いろいろなものを上手に作れるようになったことで、ほなみはよりいっそう「美味しいって、何だろう？」と思うようになった。

アレンジを加えてみたり素材にこだわってみたりしながら、友達が作ったものと食べ比べてみながら、ほなみは少しずつ〈好きな味〉〈美味しいと思える味〉を見つけていった。

「いらっしゃいませ。……あら、ほなみさん？　お久しぶりね！」
「えへへ、ご無沙汰です」

あの来店から五年ほど経った満月の夜、喫茶月影に現れたほなみは照れくさそうに頭をかいた。

ほなみは背丈が変わらず体型も小柄なままだったが、以前のように折れてしまいそうなほど細くはなく、かといってそこまで太ってはいないが健康的にふっくらとしていた。肌の色も血色良くつややかで、青白かった頬はほんのりとバラ色に染まっていた。

——あれだけ〈自分だけ大人(レディー)になれない〉と落ち込んでいたのがまるで嘘のように、ほなみはしっかりと大人になっていた。

空いている席へと店主が案内しようとすると、ほなみは「えっと」と声を上げながらまごついた。それと同時に、店の扉が押し開けられた。

ほなみが慌てて横に避けると、店に入ってきたロマンスグレーがその場で足を止めて目を丸くした。

「おや、誰かと思ったら。ほなみさんじゃあないか。見違えたよ。元気そうで何よりだよ」

「おじ様、お久しぶりです！」

ほなみが嬉しそうに笑顔を見せると、水瀬は客席側の少し奥のほうにすでに移動していた店主とほなみとを交互に見やりながら不思議そうに首を傾げた。

「何でこんなところで立ち止まっていたんだい？　今、席に案内されるところだったんだろう？」

「あの……今日はお客として来たわけじゃあないんです。――これ！　食べてもらいたくて！」

ほなみは赤面して勢いよくうつむきながら、うつむいたのと同じ速度で紙袋を差し出した。ひょこひょこと戻ってきた店主はそれを受け取ると、袋の中に視線を落として目をしばたかせた。中に入っていたのは、菓子折りなどではなく保存容器だったからだ。

「あら、チョコレートの甘い香りが……。これ、もしかしてほなみさんの手作りですか？」

「はい。ブラウニーを焼いてきました。このお店で食べたものとは同じ味には作れなかったけれど、この五年ほど、ずっと焼き続けてできあがった自信作です！」

店主はほなみと水瀬を同じ席へと案内すると、いそいそとカウンターへと去っていった。戻ってきた店主が運んできたのは、三人分のブラウニーと珈琲だった。

「あれっ⁉　何で私の分まで？」

「一緒にいただいたほうが、よりいっそう美味しくなりますから。あと、今までのお話をお聞きしながらゆっくりといただきたいので、アイスはなしです」

配膳を終えた店主が席に腰を掛けると、ほなみは照れくさそうに笑った。

それから、どのようにこの五年を過ごしてきたかを話し始めた。そこには〈男の子との口マンス〉は出てこなかったが、お菓子作りを中心とした〈友達との輝かしい青春〉がたくさん詰め込まれていた。

ほなみは自分で思い描いていたとおりの、〈友達と同じ速度で青春しながら、同じ速度で大人になっていく〉をしっかりと満喫できたようだった。

「たしかに、喫茶月影の特製ブラウニーはエネルギッシュでした。立ちどころに太るってことはなかったけれど、代わりに心がメキメキと太っていったんです。甘いモノって元気をくれるって言うけれど、それ以上でした。まさか、自分がこんなにも、何かに対して積極的になれるとは思ってもみなかったです。おかげで友達もできたし、熱中するものに出会えたし。——私、今度フランスに行くんですよ。製菓学校の成績優秀者に贈られる推薦留学の権利を利用して」

店主と水瀬は嬉しそうに笑うと、ほなみの新しい船出を心から祝福した。そしてフォークを手に取ると、ほなみ特製のブラウニーを口に運んだ。

「うん、美味しい。神レベルの美味しさだ！」

美味しいを繰り返しながら、店主も水瀬もモリモリとブラウニーを食べ進めた。ほなみもフォークに手をかけると、ブラウニーをパクリとひと口食べた。

「うん、自分で言うのもなんだけど、すごく美味しい！」

そう言って笑うほなみの〈船〉は、もう〈筏〉なんかではなかった。しっかりと帆を膨らませ、波に乗りどこまでも前進していく——そんな、エネルギーに溢れた立派な船だった。

「でも、さらに美味しいブラウニーが焼けるようになりたいです！　フランスでしっかりと研究してきますね！」

カウンターの奥から、レジスターがチンと音をあげるのが聞こえた。それはまるで、出港を知らせる汽笛のようだった。

——ほなみの新しい船旅は、今まさに、始まったばかり。

第8話 〈かたいいし〉のプリン・ア・ラ・モード

満月に薄ぼんやりとした雲がかかっていたある晩、喫茶月影に男性客がひとり来店した。彼はお世辞にも利発そうには見えず、本日の空模様のようにぼんやりとしていた。なんとも冴えない――それが彼の第一印象だった。

店主が声をかけても、席に案内してお冷を出しても、彼は気の抜けるような生返事しか返さなかった。

注文をとろうにもまともな返事が返ってこずで、店主は少々困ってしまった。少しして、彼はのったりと顔をあげると、ぼんやりとした瞳で店主を見つめた。

「ここって、何でも願いが叶う不思議な喫茶店だと伺ったんですけれど。本当ですか？」

「あら、そんなうわさ、どこでお聞きになったんです？」

「ネットで見かけたんです。七曲りの交差点の、八つ目を曲がると現れるっていう不思議な喫茶店の話を。僕、この現状をどうにかしたいと思っていて……」

　彼はまるで奥歯に物が挟まるような、はたまた、ひと目を気にしてコソコソとしているような、そんな感じでもごもごとそう言って顔を伏せた。話の続きを待って店主は聞きの姿勢でいたが、「あの」や「その」ばかりで彼が話してくれる気配は一向になかった。――そんな彼の中途半端（ちゅうとはんぱ）な態度にしびれを切らせたのは、店主ではなく居合わせた常連客だった。お客のひとりである勝ち気な女性は釣り目をいっそう釣り上げると、八重歯（やえば）をむき出して彼を睨みつけた。

「ああもう、じれったい！　とっととお話しよ！　日本男児（にほんだんじ）たるもの、そんな弱気でどうするんだい！　もっと自己主張をおしよ！」

「これこれ、八塚さん。そういう言い方で括（くく）るのは良くないよ。それに、彼にもいろいろと事情があるんだろう」

「いやでも、水瀬さま。はっきりしない物言いで『どうにかしたいことがある』と言われても、じゃないですか。そんなんじゃあ、マスターだってどうしようもないだろう？」

　店主は苦笑いを浮かべながら、遠慮がちに「そうですね」と返した。すると彼が萎縮（いしゅく）していっそう顔を伏せてしまったので、初老の男性客――水瀬は彼に優しく笑いかけた。

「そう固くなりなさんな。ここは面接会場などではないのだから。それに、マスターは見た目通りの優しい方だからね。君のペースでゆっくりと事情を説明したらいい」

ようやく顔をあげた彼は、愛想良く見せようとでも思ったのか、頬を引きつらせて精一杯の作り笑いを浮かべた。そして情けなく目を細めると、人差し指で頬を掻きながらポツリと言った。

「いやあ、その八塚さん？　って方の言うとおりです。僕、男らしくないというか、むしろ人としても駄目な部類なので……。でも、どうにか変わりたいと思って。それで神頼みならぬ、怪しいネットのうわさ頼みでここまで来たんです」

彼——公生（きみお）のこれまでの人生は、常に受け身であった。そして、「つもりだった」の言葉ばかりであった。そのため、人に言われるがまま、流れに任せるがままだったので、公生は努力らしい努力をしたことがなかった。公生の良いところといえば、人がいいことくらいであった。
　そんな公生にも、友人がいることにはいた。ただし、その友人の全てがいい人間とは言いがたかった。公生の人がいいのを良いことに、悪巧（わるだく）みを働く者がいたのだ。
　公生は騙されても傷つけられても受け流してしまい、そして「彼は友達だから」と許してしまうため、何度も同じ過ちを繰り返した。公生がそのように育ってしまった原因の一端は親にあるはずなのだが、その親ですら公生の受け身グセに愛想を尽かしてしまった。――唯一公生を見捨てなかったのは、幼馴染にして恋人である貴子だけだった。

「お恥ずかしながら、その貴子にもとうとう三行半をつきつけられてしまったんです」

　貴子はずっと、そばで心配し続けてくれた。――それは騙されているのではないか。もう少し、自分で考えて自分で努力をして、きちんと自分で物事を決めたほうがいいのではないか。そのように常に気をかけてくれていた貴子に対して、公生は「そのつもりだ」「そうするつもりだった」「これも縁だから、そういう流れだから」「何とかなるさ」などとのらりくらりと返した。そのたびに貴子は難色を示したが、公生の「次からはそうする」という言葉を信じて彼女は口をつぐんだという。

「親ですら僕のこの〈流されグセ〉には愛想を尽かしたのに、貴子は見捨てないでくれたから。そこに甘えていたんですよね。きっと貴子だけは僕を見捨てないでくれるという変な自信というか、確信というかがあって。だから、変わろうと努力しなかった。何かやったとしても、貴子に言われたことを『ちょうど、そうするつもりだったんだ』と言ってやるとかで。――それで、僕、あれこれあって仕事を失ってしまって。今、無職なんですけど」

「あんた、そりゃあ駄目だよ！　そりゃあ、もう耐えられないとなってもしかたがないよ！」

普段こんなにしゃべるということをしないのか、公生は疲れたとばかりに言葉を切った。そこに間髪入れず、八塚が声をひっくり返した。公生は水をこっくりとひと飲みすると、バツが悪そうに顔をしかめて「ですよねえ」とつぶやいた。

静かに聞いていた店主も苦い顔を浮かべ、水瀬も困り顔を浮かべた。

「彼女も、ほとほと君のことを受容し続けることができなくなったんだろうねえ」

「はい、自分でもそう思います……。見捨てられてからようやく気づくだなんて、僕は本当に大馬鹿ですよ。どうしようもない悪ですよ。しかも、『もう面倒見きれない』と言って彼女が出ていってすぐのころは、まだ彼女が無条件で戻ってきてくれるんじゃないかと思って、何もせず彼女が帰ってくるのをただ待っていたんです」

もちろん、貴子が帰ってくることはなかった。いよいよ「自分はとうとう見捨てられたのだ」と気づいた公生は、遅すぎる独り立ちを決意した。今さら努力したところで彼女が戻ってくるはずがないとは思いつつも、行動せずにはいられなかった。何故なら貴子は出ていく前、「もうすぐ職探しをするつもりだよ。大丈夫、何とかなるさ」とヘラヘラ笑う公生に対して「じゃあ、ちゃんと安定した生活を送れるようになったら迎えに来てよ。そしたら、きみちゃんのことをもう一度だけ信じてあげる」と言ったからだ。

「今さらだとは思いますし、とても自分勝手だとも思います。でも、最後の最後まで彼女を裏切って終わるのは、今まで信じて待ち続けてくれた彼女に対して本当に悪いことだと思うから。だから、実家に帰ってひとまずアルバイトを始めて。少しずつお金を貯めながら就職活動をしているんですけれど……。やってくる連絡といったら、途方もない数の企業からのお祈りメールだけで。もう、心が折れそうで」

「でも、今までがそんなんだったんだから、そして変わりたいんなら、ここで折れちゃあいられないだろう」

八塚が鼻を鳴らしてそう言うと、公生は大きくうなずいた。

「はい、だから僕、〈やり遂げることのできる、堅い意志〉を手に入れたくて」

公生がそう言い終えると、水瀬は「さて、どうするね」と言わんばかりに店主を見据えた。店主はそれに応えることなく、公生をじっと見つめた。——来店時は雲がかかった月のようにぼんやりとしていた公生の瞳は、今はスッキリと晴れて明るく輝いていた。今回は絶対にやり遂げてやるんだという気概を、感じることができる目だった。

店主はにっこりと笑うと、唐突に「プリン、お好きですか？」と公生に尋ねた。面食らって押し黙った公生を気にすることなく、店主はにこやかに続けて言った。

「今日はちょうど特別な卵が手に入ったので、いつもよりも豪華なプリン・ア・ラ・モードをお出ししているんです。――初めての努力で挫折しそうで、でも成し遂げたいからうわさ頼みでいらしたんですものね。でしたら、是非この〈特別なプリン〉を食べていってくださいな。そしてそれが、公生さんの意に沿うものだといいんですけれど……」

店主は麻の生成り色の三つ編みをピンと弾きながら、くるりと踵を返してカウンターへと戻っていった。しばらくして、店主は色とりどりの果物で飾り立てたプリンを運んできた。

思わず、公生は驚いて目を丸くした。

「わっ、すっごいピンク！　そのプリン、いちごでも混ぜてあるんですか？　それとも、食紅⁉」

「ベリー類はトッピングにしか使っていませんよ。もちろん、食紅なども一切不使用です」

「じゃあ、どうしてそんなにドギついピンク色なんですか⁉」

「ああ、巷じゃあ爬鳥類って出回っていないんだっけ」

驚き続ける公生をよそに、八塚がキョトンとした顔でそう言った。公生が不思議そうに目を瞬かせていると、公生が期待通りの反応を示したのが嬉しかったのか、店主がにこにこと満面の笑みを浮かべて胸を張った。

「やっぱり、普通は食べる機会なんてないですよねえ。爬鳥卵で作ったプリンだなんて。日本では、飼っている農家さんも少ないですから。爬鳥卵は火が通ると鮮やかなピンクや赤に色を変えるんですけれど――」

「いや、だから、あの、ハチョウルイ？　ハチョウラン？　何ですか、それは。ハチュウルイではなくて？」

公生は店主の言葉を遮って頓狂した。店主は笑みを崩すことなく、当然とばかりにうなずいた。

「はい、ハチョウルイです。――コカトリスって分かります？　鶏と蛇が合体したような姿をしているんですけれど」

絶句した公生は、顔を青ざめさせた。水瀬がまるでコカトリスに睨まれたかのように固まる公生に気遣うように笑いかけながら「大丈夫、美味しいよ」と勧めると、公生はますます動転して目を白黒とさせた。

公生は頬を引きつらせながらもスプーンを手に取ると、恐る恐るそれをプリンに差し入れた。スプーンは意外にも早く器に到達した。

「睨んだ相手を石にするくらいだから、もっと堅いものだと思ってた……。でも、巷のプリンと比べたら相当堅いですね」

訝しがりながらも、公生はスプーンを持ち上げた。――いわゆる〈懐かしの固めプリン〉はおろか、寒天や羊羹よりもやや固い。心がホッと落ち着くような、卵と砂糖が合わさったプリン特有の甘い香りが漂っていて、たしかにこれはプリンであるらしいというのは分かる。だが、ずっしりと重かった。

公生は恐る恐る、スプーンを口に運んだ。そしてこれでもかというくらいに目を見開くと、鼻から深くフウと息を抜き、空いた片手で口元を隠した。そして店主を見つめると、一心不乱にまくし立てた。

「こんなに濃厚なプリン、食べたことない……。驚くほどコクがあって、何だか少し香ばしい味わいがあって。すごく固いからゼラチンか寒天で固めてるのかと思っていたら、気持ちのいい食感だし口の中でとろりと蕩けていくし。——何なんですか、このプリン。本当にプリンなんですか？」

「はい。紛れもなく、プリンですよ。ちょっと特別な、ね」

「これでコカトリスパワーを取り込んで、かたいいしになれますかね⁉　それにしても、美味しい！　……本当に、美味しい……」

意欲的にプリンをモリモリと食べ進めながら、公生が突如ポロポロと涙を流し始めた。店主たちはぎょっとすると、どうしたのかと公生に尋ねた。公生は涙を拭いながら、小さな声で返した。

「貴子がよく、プリンを作ってくれたんですよ。レンジでチンの、手抜きレシピですけれど。

また食べられる日が、いつか来るかなあ……」

「かたいいしで成し遂げるんだね」

　優しげに笑う八塚に、公生はうなずき返した。

　二年ほどしたのち。公生が再び喫茶月影に姿を現した。公生は以前とは比べ物にならないくらいに凛々しい雰囲気をまとっていたが、しかしながら以前と同じように冴えない表情をしていた。どうしたのかと店主が尋ねると、公生は何とも言えぬ不安げな顔つきでポツリと言った。

「本当に、これでよかったのかと思いまして……」

「と、言いますと？」

　店主が表情を曇らせて公生の顔をのぞき込むと、公生はバツが悪そうに目をそらした。そして心なしかうつむくと、苦い顔を浮かべた。

「僕が成し遂げたことは、結果として貴子を不幸にしてしまったのではないかと思うんです」

何でも、この二年、公生は貴子と全く連絡がつかなかったそうだ。長い付き合いの幼馴染であるにもかかわらず、だ。きっと、貴子は「迎えに来て」と言いつつも今度こそ公生と縁を切ろうと思っていたのだろう。ところが、つい先日、公生は偶然にも貴子と再会を果たしたのだという。

「この二年、僕は本気で心を入れ替えて行動し続けました。マスターさんや八塚さん、水瀬さんとの出会いのおかげで、堅い意志を持ち続けることができたんです。その甲斐あって手堅い職にも就くことができたし、悪い友人とは縁を切りましたし、幾ばくかの貯金もしました」

「それは、素晴らしいことじゃありませんか。再会した貴子さんも、公生さんの変わりように喜んでくれたんじゃありませんか？」

「いえ、それが……。逆に泣かせてしまって……」

連絡の途絶えていた間に、貴子は貴子で「過去に踏ん切りをつけて、前を向いて歩いていこう」としていたそうだ。そのため、公生と再会したときには新しくできた恋人と婚約していたという。そして、彼女は泣きながら「遅いよ、きみちゃん。遅すぎるよ」とつぶやいたそうだ。

「僕は貴子の新しい門出を祝福しようと思いました。でも、彼女は『約束は約束だから』と婚約破棄して、僕のもとに戻ってきたんです。……僕のしたことは結局、彼女を振り回しただけだったんじゃないか。新しい恋人と一緒になったほうが、貴子は幸せになれたんじゃないかと思わずにはいられなくて。それで、『心からの笑顔が、プリンのお代』とのことでしたけれど、到底お支払いできる気がしなくて、やっぱり現金支払いできないものかとご相談をと思いまして……」

　店主と一緒に話を聞いていた八塚は厳しい表情を浮かべると、思い切りバシリと公生の背中を叩いた。公生が驚き戸惑っていると、八塚はピシャリと言い放った。

「かたいいしの生み出した結果そうなったんだったら、それからのこともかたいいしでやり通すしかないだろう！　ここからが男の見せどころだ、しっかりおしよ！」

「……お代はいつまでもお待ちしておりますから。かたいいしで、まずは貴子さんを笑顔にしてあげてくださいな」

　店主がそう声を掛けると、公生はにこりと笑ってうなずいた。以前の〈頬の引きつった作り笑い〉と比べたら、笑うことが上手になっていた。――笑顔を取り戻した貴子と一緒に、貴子の作ったプリンを食べる日が訪れたら。そうしたらきっと、公生は支払いのための来店を果たすことができるだろう。そう信じて、店主たちは公生を再び送り出したのだった。

第9話　再生と門出を祝う応援クリームソーダ

　満月に薄ぼんやりとした雲がかかっていたとある晩、喫茶月影に女性客がひとり、大きなスーツケースを引きずりながら来店した。彼女は一抹の不安でも抱えていると言わんばかりに、本日の空模様のようにぼんやりとした表情をしていた。

　店主が声をかけても、席に案内しても、彼女は生返事とため息ばかりついていた。思いがけず、店主は彼女に声をかけた。

「あの、もしかして、お加減がよろしくないですか？　お医者様、お呼びいたしましょうか？」

　すると、女性はハッと顔を上げて、申し訳なさそうに手を横に振った。

「あ、いえ、すみません！　どこも悪くないんで大丈夫です！」

「ならいいんですけれど……。もし、本当に悪くなってきたら、遠慮なく仰ってくださいな」

「あの、本当に大丈夫なんで……」

心配そうに見つめてくる店主に、女性は恐縮した。そのまま尻すぼみに「というか」と言うと、再び不安そうな、心許なげな表情を浮かべた。

「ここって、何でも願いが叶う不思議な喫茶店だと伺ったんですけれど。本当ですか？」

「あら、もしかして〈いんたあねっと〉でも見ていらっしゃったんですか？」

「あ、はい。そうなんです。私、これから先のことが不安で仕方なくて……」

そう言うと、女性は俯きながら肩を落とした。店主はお水を差し出すと、優しく声をかけた。

「よかったら、お話をお聞きしてもよろしいですか？」

彼女――貴子には公生という幼馴染がいた。彼は小さなころから誰に対しても優しくて物腰が柔らかく、笑顔で丁寧に接する人だったそうだ。
一緒にいると心がポカポカとしてきて落ち着くので、貴子はそんな彼のことが大好きだったという。しかし、それがどうして過去形で語られたかと言うと、貴子は一度、公生との関

係をすっぱりと切ったからだそうだ。

「あまりにも人が良すぎるので『この人、大丈夫？　悪い人に騙されたりしない？』という心配は幼馴染時代にもしていたんです。けれども、恋人になって、今まで以上にいい面も悪い面もよく見えるようになって気づいたんです。……彼のそれは短所でもあったんです」

貴子は半ばうんざりしているというような口調で、公生がいかに人に流されて生きてきたか、騙されても懲りることなく過ごしてきたかについて語った。

それを、少し離れた席で聞いていた常連客——水瀬と八塚は苦い顔を浮かべて声をひそめた。

「水瀬様、もしかしてなんですけれど、彼女、さっき『現金払いできないか』って再来店した〈かたいいし〉が言っていた子じゃないですか？　あたし、あの貴子って子の話、めちゃめちゃ聞き覚えがあるんですけど」

「あまり聞き耳を立ててはいけないよ、八塚さん。けれども、同感だ。私も今、同じことを思っていたところだよ。彼の初来店のときに聞いた話だよね。まさか、入れ違いで来店するとは……」

こそこそと話をする二人にちらりと視線を移動させると、店主はうっすらと苦笑いを浮かべた。まるで「みなさんも、やっぱりそう思います？」と言っているようだった。

水瀬と八塚が苦笑いを返してから気まずそうに目を逸らすと、店主は貴子に視線を戻して首を傾げた。

「でも、貴子さんはその公生さんとは縁をお切りになったんですよね？　そのことと、ご不安に思っていらっしゃることと、何か関係がおありになるんですか？」

貴子は一瞬顔をあげたものの、また俯いて深くため息をついた。

そもそも、貴子が公生と縁を切った理由は「公生の短所が中々治らないのは、自分にも問題があったからではないか」と思ったからだという。

というのも、貴子は責任感が強く面倒見がいいタイプだったので、公生がトラブルに巻き込まれるたびに「自分が支えればよいのだ」と思ってしまい、常に寄り添っていた。

それが結果的に公生を甘やかすこととなってしまい、彼が変われない・変わろうとできない要因になっているのではないかと、ある日気づいたそうだ。

「だから、私、きみちゃんが無職になったタイミングで『ちゃんと安定した生活を送れるようになったら迎えに来て』と言って、きみちゃんのそばから一旦離れて実家に戻ったんです。『お互いにいくらまで貯金を貯めることができたら結婚しようね』と約束していたのに、その貯金で生活すればいいやって言って、貯金を切り崩すばかりで中々職探しをしなかったから。——そしたら、両親が私のことをとても心配してくれていて。『公生くんとは長い付き合いだけれど、だからといって、その情に引っ張られて関係を保ち続ける必要は全くもってない』と何度も訴えるんですよ。私も段々と両親の言う通りだと思うようになって、それで、きみちゃんのことをすっぱりと諦めることにしたんです。……『迎えに来てくれたら、もう一度だけ信じる』って言ったくせに」

その後、貴子は親の勧めでお見合いをし、そこで出会った人と結婚を前提とした真剣交際にまで発展したそうだ。

新しい彼と付き合うようになってから、貴子は公生との日々を「時間の無駄であった」と感じるようになり、今度こそ幸せになろうという気持ちが強くなった。

しかし、そういう気持ちが大きくなるにつれ、公生に言った「もう一度だけ信じる」という言葉が貴子の心をチクチクと蝕んだ。

「きみちゃんのことは、本当に頭を抱えていたし、正直うんざりしている部分もありました。だけど、それらを差し引いても余るほどの〈いい部分〉を知っていることも確かだったから。悲しいとき、そっと寄り添って泣きたいだけ泣かせてくれたのはきみちゃんだけだったし。一緒にいるだけであたたかい気持ちになれる人なんて、今までの人生の中できみちゃん以外にいなかったし」

貴子が公生を好きになったのは、小学校に上がるかどうかくらいのころだったそうだ。

ちょうどそのころに、貴子は大好きな祖母を亡くした。母方の祖母だったそうなのだが、母は葬儀が終わっても泣くことなく毅然としていたという。

それを見ていた貴子も「泣いたら駄目なんだ」と思って悲しみをグッとこらえていたそうなのだが、「貴子が無理をしている」ということに公生が気づいたのだとか。

「きみちゃんは『僕、みんなに言わないから、泣きたいならこっそり泣いたらいいよ』と言って、腕を広げてきたんです。おかげで、私はきみちゃんの腕の中でこっそりと泣きました。……すごく、優しいですよね。そういう優しさがあるから、きみちゃんのことが大好きになったし、だから嫌いになれなくて。――たしかに、きみちゃんは私に甘えすぎていたところもあったけれど、私だって人のいいきみちゃんに甘えていた部分はあったたし。それに、きみちゃんは誰にだって作れるようなレンチンのプリンですら、愛おしそうに食べてくれるんですよ。これ以上両親を心配させたくないという気持ちももちろんありましたし、幸せになりたい気持ちも本当にありましたけれど、だからってきみちゃんとの約束を反故にするのは違う気がして」

しかし、実家に帰ってきてすぐに両親の強い希望で連絡先を一新し、公生関連のデータは何もかも消去してしまっていたので、自分から公生に連絡を取ることができなかった。それに、公生が直接迎えに来る気配もなかった。

そもそも、離れてからさほど経っていないのだから、公生はまだ自立ができていないのかもしれない。そうこうするうちに真剣交際していた相手からプロポーズをされ、結婚に向けて事が動き始めてしまったのだとか。

「きっぱりと断ればよかったんですけれど。もう、私の意志だけでどうこうできる状態になくて。私が少しでも後ろ向きな発言をすると、母が泣くんですよ。それがもう、いたたまれなくて。だから、きみちゃんには不義理になってしまうけれども、このまま結婚してしまおうと思ったんです。思ったんです、けど……」

けれども、何の因果か、貴子は公生と再会した。街で偶然すれ違った公生は、しっかりと手堅い職を見つけて一生懸命働いていたという。

この偶然が今生の別れにならぬよう、貴子は現在の連絡先をメモに書きなぐって公生に手渡した。そしてその日の夜、公生の仕事が終わってから、貴子は早速公生と話をすることにした。

すると、公生は何度も貴子と連絡を取ろうとしてくれていたということが分かった。思わず、遅い、と言いながら泣き出してしまった貴子を公生は優しくなだめてくれたが、貴子は泣き止むことができずに結婚の話をした。

すると、公生は少し悲しそうに笑ってこう言った。「実家にも直接迎えに行ったんだけれども、そっか。だから会えなかったんだね」と。

「耳を疑いました。だって、親から『きみちゃんが来た』なんて一言も聞いたことがなかったから。で、きみちゃんに『いつ頃来たのか』を聞いてみたら、私がプロポーズされたのよりも全然前だったんです。きみちゃんは、全然遅くなんてなかったんですよ」

貴子があとで両親に確認したところ、両親は貴子のことを想って公生が訪ねてきたことをあえて隠していたという。

そして、今度こそ貴子には幸せになってもらいたいという想いから、公生に「二度と家に来ないで欲しい」とまで言ったのだそうだ。

両親の気持ちは嬉しかったが、貴子は大いに腹が立った。

最終的に何をどのように選ぶのかは、自分でありたいと思ったからだ。

だから、婚約を解消して公生のもとへ帰ることを貴子は選んだ。それで今日、公生のもとへ戻る道すがら、この喫茶店へと足を運んだのだとか。

「私はもう、これ以上思い悩むことはしたくないんです。後悔もしたくない。けれど、きみちゃんとの約束を反故にしようとした前科が私にはあるし、両親の説得に負けてしまった過去もある。それに、甘えてズルズルだったきみちゃんのことを少なからず疎ましいと思っていたのも本当のことだし。だから、また母に泣かれてしまった日には、この気持ちが揺らいでしまうんじゃないか。せっかくきみちゃんは頑張って変わってくれたのに、きみちゃんが万が一にも何かに挫折するようなことに直面したときに、甘えたきみちゃんを思い出して突き放してしまわないか。それが不安でしかたないんです」

貴子は目じりに大粒の涙を溜めながら、泣くまいと必死に歯を食いしばった。

そんな貴子を見下ろしお盆を抱きしめながら、店主は優しく微笑んだ。

「貴子さんは、とても優しい方ですね。私、てっきり、公生さんがまた貴子さんのことを裏切るかもと思って不安になっていらっしゃるのかと、お話を聞いていて思ってしまったんですけれど。そうではなくて、『自分が裏切ってしまうのではないか』と不安にお思いになっているだなんて。正直、これだけ裏切られ続けた相手に、そのような気持ちを抱くこと自体が中々できないことだと思います。貴子さんは、本当に優しいしお強いですね」

「そん、そんなことは、ない……。そんなことは、ないです……！」

とうとう、貴子は泣き出してしまった。

店主は苦しそうに嗚咽を飲み込む貴子の背を優しく擦ってやった。

しばらくして貴子の嗚咽が落ち着くと、店主はにっこりと笑った。

「オーダー、しっかりと承りました。不安解消につながるもの、お持ちいたしますね」

そう言うと、店主はぴょこぴょことカウンターへと戻っていった。少しして戻って来た店主が盆に乗せてきたものは、緑色が美しいクリームソーダだった。

「どうぞ。お口に合うといいんですけれど」

わあ、と小さく感嘆すると、貴子は店主を見上げて目を輝かせた。

「メロンソーダですか？　飲むの、子どもの頃以来かも！　いただきます！」

貴子は早速、ストローに口をつけた。そしてコクリとソーダをひとくち飲むと、ハトが豆鉄砲を食らったかのような顔をして目を瞬かせた。

「え、すごく綺麗な緑色をしてるのに、メロンの味が全然しない……。味はとても上品な甘みがあって、とても美味しいんですけど……。これ、一体何なんですか？」

「これはですね、エメラルドで作ったシラップを使ったクリームソーダです」

「エメラルド⁉　宝石の⁉」

驚く貴子に、マイペースににこにこと笑顔を返しながら、店主はつらつらと作り方を話し始めた。

まず、純度の高いエメラルドをお神酒(みき)で蒸して毒素(どくそ)を飛ばす。蒸しあがったら、スープは

毒素が染み出ているので全て捨て、エメラルドを清水でしっかりと洗い流す。

次に、月の光をたっぷりと浴びた月桂樹の葉に溜まった朝露だけを集め、鍋に入れたエメラルドがひたひたになるくらい注ぎ入れる。そして、蓮の花から採った蜜と一緒に火にかけ、弱火でじっくりコトコトと煮込んでいく。——ここは柘榴石のグミの作り方と大体同じである。ただ、グミの作り方と違うところと言えば、蜜の量だ。元々からエメラルドに甘みがあるので、蜜を入れるのはほんの少し。上品な甘さに仕上げたいので、味の調整程度だ。

そこまでの工程を聞いた貴子は、興味津々とばかりに目をらんらんとさせた。

「じゃあ、エメラルドを口に入れてみたら、甘い味がするんですね？」

「あの、先ほども言ったかと思いますけど、エメラルドには毒がありますから。お試しになるのは、おやめくださいな……」

そう言って苦笑いを浮かべると、店主は〈作り方〉の続きを話し出した。

水気が飛ぶ前のトロトロの状態になったら、鍋を火から下ろして粗熱を取る。熱が抜けたら、エメラルドの形が無くなるまでしっかりとブレンダーを使って滑らかにしていく。こうやってできたエメラルドのシラップをコップに注ぎ入れたら、彗星のガスで作られた炭酸水で割る。これで、緑色が美しいソーダの完成である。

ソーダの上に乗っているバニラアイスは牛の神使ブリーダーからお裾分けしてもらってい

る牛乳と蓮の蜜で作ったもので、ソーダの上品な甘さを壊さないように、甘すぎず、濃すぎずで作られている。彩りを飾るさくらんぼのシラップ漬けは桃源郷(とうげんきょう)産だ。

「わあ……。もしかして、本来は神様の食べ物なんですか？　すごいなあ……。そんなものを、人間の私が食べられるだなんて」

「エメラルドは再生のシンボルとされているそうです。また、〈結婚生活が上手くいくように〉というおまじないとして所持される方も多い石です。ですから、貴子さんの〈公生さんへの良い想い〉が強固に再生されて、この先不安なく、幸せな結婚生活が歩めるように、と思ってこのメニューを選んでみました」

「えへへ、嬉しいな……。そうなれたら、すごくいいな……。……氷の隣(となり)でシャリシャリになったアイスが結構好きなんですけど、ソーダの上品な甘さを吸っていて美味しいですね。ソーダをくぐらせたアイスも、口の中で一瞬シュワッとしたあとに程よく甘くて程よくコクのある味が押し寄せて。もちろん、ソーダもとても美味しいし。うん、すごく、いいな……。いいなあ……」

　貴子は噛みしめるように「いいな」と繰り返しながら、再びぽろりと涙を流した。

十年ほどしたのち。入り口のドアがチリンと音を立て、店主が顔をあげると、和(なご)やかな笑みを浮かべる男女ふたりが入って来た。——公生と貴子だった。

「あれまあ。まさか、ふたりで一緒に来るとは思っていなかったよ」

客席にいた八塚が驚きの声をあげると、店主も同意するように笑顔でうなずいた。

「この前、夫婦で〈これまでのこと〉を振り返る機会がありまして。人生の分岐点になったものやきっかけについて話したら、ふたりとも喫茶店(ここ)に来ていたと知りまして」

「子どもも大きくなって、おばあちゃんの言いつけもきちんと聞ける年齢になったので、きみちゃんちで預かってもらって。せっかくだから、ふたりで行ってみようってなりまして。……ここって、不思議フード以外も頼むことは可能ですか？」

ええ、と答えると、店主はふたりをテーブルに案内した。

着席するなり、ふたりはプリン・ア・ラ・モードとクリームソーダを注文した。オーダーしたものが提供されると、ふたりは〈ごく普通のフード〉をまじまじと見つめた。

「え、見た目、全然同じなんだけど。これ、本当に普通のクリームソーダですか？」

「飲んでみたら分かりますよ」

「……あ、本当だ！　メロンシロップの味がする！」

驚く貴子に笑顔を向けながら、公生がプリンの腹をスプーンの背で軽く叩いた。

「ほら、こっちも普通のプリンだ。ちょっとプルプルしてるもの。僕が食べたのはもっと固くて、つついたってプルンともしないやつだったし。色もね、とても鮮やかなピンク色だったんだよ」

楽しそうに笑い合うふたりを店主が眺めていると、突然貴子が目じりにじわりと涙を溜めた。

「どうかしましたか？　もしかして、お口に合いませんでしたか？」

「いえ、そうじゃなくて……」

貴子は目じりをハンカチでちょいちょいと拭うと、少しだけ鼻をズッと鳴らした。そしてにっこりと笑うと「そうじゃなくて」と話を続けた。

「ごく普通のメニューもすごく美味しいです。美味しいから、きみちゃんとふたりで来られてよかったなと思って」

ふう、と息をつくと、貴子はこれまでのことを話し出した。

貴子が公生のもとへと戻ったあと、公生は貴子の両親にきちんと謝罪と挨拶をしたほうが良いと考えて何度か貴子の実家に顔を出した。

しかし、公生は貴子の両親に会うことができなかった。そこで、公生の両親が貴子の家に連絡を入れ、「食事会でも」と提案した。それでようやく、公生は貴子の両親と会うことが叶ったそうだ。

食事会を始める前、公生は両親が貴子の両親に「これまで散々、迷惑をかけ続けてしまったこと」や「貴子に婚約破棄を選ばせてしまったこと」などの謝罪をした。

公生が深く頭を下げると、公生の両親も揃って謝罪をして頭を下げた。

「だけど、うちの両親……、いえ、母が『娘を返して』と叫ぶことしかしなくて。もう全く話し合いにもならなくて。結局、食事もできずに、その日は解散したんです」

それから、貴子のもとには母から「早く帰ってきなさい」と「あなたは騙されている」と「あの人が気に入らなかったのなら、新しい人とお見合いしましょう」の三種の内容の連絡が大量に届くようになった。

貴子は心が折れそうになったが、月影で食べたクリームソーダのことを思い出し、そして優しく寄り添ってくれる公生のことを信じて実家には一切帰らなかったそうだ。

いよいよ結婚という段になっても、母の訴えは続いたそうだ。貴子が帰ってくるか、それとも新婦側の両親親戚一同が欠席の結婚式をあげるかのどちらかだと迫られた。しかし結局、両親は体面を気にして結婚式には顔を出してくれた。だが、母からの「帰ってきなさい」が無くなることはなかったという。

「一連のことで貴子にはつらい思いをさせてしまいましたけれど、そういうときこそ、僕が固い意志でしっかりと貴子を支えて守らなきゃと思いまして。ふたりで、今日までふんばってきました」

そう言う公生の顔は、昔のような情けない表情ではなく、一本筋の通った意志のある、決意に満ちた表情だった。

子どもができてからは、貴子の実家から連絡が来ることはなくなってしまった。貴子や公生からは子どもの成長の様子を伝えるなど、定期的に連絡をしてはいるそうなのだが、反応が返ってくることはなかったそうだ。

「そうですか……。おつらくはなかったですか？」

「つらくないと言ったら嘘になりますけれど。でも、それ以上に幸せなので。……すごいんですよ、きみちゃんの変わりよう」

ふふ、と笑うと、貴子は穏やかに笑みを浮かべた。

公生は分担した以外の家事も、気づけば率先してやってくれるそうだ。また、子どもの世話もきちんと行うのだとか。

「あの『彼女を幸せにできるかどうか』と不安がっていたのがねえ。やるじゃないか」

八塚が褒めると、公生は照れくさそうに頭を掻いた。八塚は少しからかうように、ニヤリと笑った。

「でも、〈ふたりともこの喫茶店に来ていた〉というのが分かったってことは、公生が神頼みしたのがバレたってことだろう？　『こんなときこそ、自分で自分の根性を見せなさいよ！』とはならなかったのかい？」

貴子は苦笑いを浮かべると、肩をすくめた。

「正直、ちょっとは思いましたけど。でも、私も来てる時点で同じだし。それに、都市伝説のおまじないにすがるほど、『今度こそは絶対に変わらなきゃ』と思ってくれたってことには変わりないですし。実際、変わってくれましたし。それだけでもう、充分です」

優しく目を細める貴子に、店主も八塚も、そして八塚の近くの席に座っていた水瀬も安堵した。

「それに、貴子の実家とは、悪いことばかりではないんです。『二人目ができて、安定期に入った』と報告したら、お義父（とう）さんのほうからは一言『そうか』と連絡があったんですよ。だから、少しずつ、雪解（ゆきど）けしてきてるんじゃないかなって」

希望に満ちた笑顔を浮かべた公生の顔を見て、ふと貴子が苦笑いを浮かべた。

「やだ、きみちゃん。クリームついてる」

公生はおしぼりで頬を拭ったが、見当違いのところを触っていたので、クリームは頬についたままだった。

「もー。ちょっと、動かないで」

クスクスと笑いながら、貴子は公生のあごに手を添えると、頬を綺麗に拭ってやった。その熱々ぶりに、思わず水瀬が口を開いた。

「ふたりとも、本当に幸せそうだね」

公生と貴子は顔を真っ赤にして固まったが、すぐに弾けるように笑って「はい」と声を揃えた。すると、レジスターがヂンッと大きな音を立てたあと、ガッシャンジャラララと悲鳴をあげた。

どうしたのか、とその場にいた全員が目をぱちくりとさせると、店主が慌ててカウンターへと飛んでいった。

「いやだ、一度に複数人のお客様から〈お代〉をいただくことなんて滅多にないから！　レジスターが暴発しました！」

常連たちが愉快そうに笑うので、公生と貴子も釣られて笑った。

――かたいいしと、再生した強い絆。支え合うふたりは、互いに〈幸せ〉へと導きあうのだった。

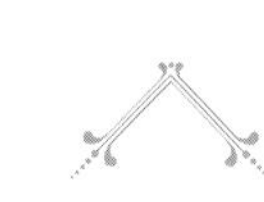

第9.5話
水瀬さまのおまじないハーブティー

どんよりとした雲が満月にかかる夜、ひとりの中年女性が月影を訪れた。女性——貴枝(たかえ)は店に入るなり、店主に詰め寄った。

「あなたが貴子をたぶらかしたっていう女なの⁉　私の貴子を返して！」

面食らって動けなくなっている店主に代わり、常連たちが貴枝をなだめすかしながら空いている席へと案内した。

店主が話しかけると彼女は再び烈火のごとく猛り狂うだろうと予測した常連たちは、店主の代理人として彼女の話を聞くことにした。常連の一人——水瀬は貴枝の向かいに腰をかけると、彼女に向かって柔らかく微笑んだ。

「ご婦人。先ほどは〈私のタカコ〉と仰っていましたが、具体的に話をお聞きしても？」

話を聞いてみると、貴枝は〈クリームソーダの貴子〉の母だった。

「お父さんが私の知らないところで公生くんとやり取りしていて、そのせいで、とうとう公生くんがうちに来たのよ。貴子を散々振り回した公生くんには、一生うちの敷居なんてまたがせたくなかったのに。全く、どの面下げて……！　貴子も貴子よ。今もきっと公生くんに泣かされているでしょうに、私の言うことなんて全然聞かずに、一向に帰って来やしない。だのにお父さんったら、そんなふたりと楽しそうにおしゃべりなんかして！」

貴枝は握った拳を怒りで震わせた。

貴枝によると、貴子と公生のふたりは貴枝にも「孫を抱いてやって欲しい」と言ってきたという。

しかし、貴枝は断固拒否したそうだ。これで自分の怒りもふたりに伝わるはずだし、貴子も思い直して帰ってくるはずと貴子は思ったそうなのだが、そう簡単には話は進まなかった。

事もあろうに、夫は「母さんのことは、俺が責任を持って説得する」などと言い出すし、公生も貴子も夫のそんな言葉を聞いて涙ぐんだ。

はらわたが煮えくり返ってその場を去ろうとした貴枝は、そのときにちらりと貴子の話を聞いてしまったのだそうだ。

「何でも？　満月の夜にしか行くことのできない、不思議な喫茶店で？　〈ふたりで幸せになるための後押し〉を店主にしてもらったとかなんとか？　――それを聞いて思ったのよ。そんな詐欺（さぎ）めいたものに頼ったから、貴子はダメになってしまったんだって。その店主の女が、私の貴子を奪ったんだ、ってね！」
　うなるようにそう言うと、貴枝は振り返って店主を睨みつけた。そしてより一層強く睨む
と、彼女は声をヒステリックにひっくり返した。
「ここは〈願えば何でも叶うお店〉なのでしょう？　だったら、私の貴子を返してちょうだ
い！　奪ったあなたが！　責任を持って‼」
　静かに話を聞いていた水瀬はあごに手を当てて、ふむ、と首をひねった。何やら少し考え
事をすると、水瀬は苦笑いを浮かべて貴枝に声をかけた。
「それはマスターには、少し荷が重い話ですなあ。そもそも、本当にそれがあなたの望むこ
となのでしょうか？」
「そうに決まっているでしょう！」
「では、少し視てみましょう。願うのはそれからでも遅くはない。――マスター、ローズマ
リーティーと角砂糖をお出しして差し上げて」
　ただいま、と返事をすると、店主は慌ててカウンターへと去っていった。

少しして、ティーポットに入ったお茶と角砂糖が運ばれてきた。水瀬は店主に礼を述べると、さて、と言ってティーポットに視線を落とした。

「このローズマリーティーには不思議な力が籠（こも）っていましてね。飲むことによって、過去の思い出を見ることができるんです。こちらの角砂糖は、このお店に来店された方々の笑顔でできている。今回の角砂糖は、貴子さんと公生くんの笑顔のブレンドですな。これらを用いて、貴子さんのことを視（み）てみましょう」

「何をおとぎ話みたいなことを……。やっぱり、詐欺じゃないの」

顔をしかめる貴枝に対して、水瀬は始終笑顔を絶やさずにいた。

「私は神職に就（つ）いておりましてね、このお茶や角砂糖ほどではありませんが、不思議な力を持っておりまして。水を少々扱えるのですよ。ここには大幣（おおぬさ）がないので、どれ、代わりにスプーンでも振っておまじないをかけておきましょうか。おまじないをしたら、お茶の性質が変化して〈溶かした角砂糖の持つ記憶〉が湯気越しに視えるようになりますから」

そう言ってティースプーンを手に取ると、水瀬は神主がお祈りのときに棒を振るのと同じ仕草をした。

スプーンを置き、カップにお茶を注ぐと、水瀬は貴枝に差し出した。

「さあ、角砂糖を入れて溶かして。そうしたら、カップに手を添えてごらんなさい」

疑心暗鬼になりながら、貴枝は水瀬の言う通りにした。

すると、カップから立ち昇った湯気に貴子の笑顔が映った。

どんな手品なの、と驚きながら貴枝が湯気を見つめていると、湯気の中の貴子は写真のようなものを公生に見せていた。どうやら、第二子がまだお腹の中にいるころの、エコー写真を見せている様子のようだった。

写真を見つめながら涙ぐむ公生の濡れた頬を拭ってやりながら、貴子は幸せそうに笑っていた。その映像がフッと消えたかと思うと、今度は第一子が小学校に入学したときの様子が映し出された。遡りながら映り消えていく〈笑顔〉を、貴枝は何とも言えない表情で見つめていた。

しばらくすると、映像の中の貴子の表情が曇るようになってきた。ちょうど、公生のダメダメ期に差し掛かったからだ。貴枝はうっすらと笑みを浮かべた。

「そうそう、そうなのよ。公生くんは確かに優しいけれど、その優しさによくつけ込まれてねえ。きっぱりと拒否もできないものだから、グズグズのなあになってしまって。そのせいで貴子はつらい思いばかりするようになったのよ。だから、私の可愛いあの子がどうにかなってしまわないうちに、踏ん切りつけて別れなさいって口を酸っぱくして言い聞かせたのよ」

暗い表情の貴子がフッと掻き消えると、次に現れた貴子はワンワンと大泣きしていた。貴枝はフンと鼻で笑うと、これ見よがしに「ほら、また公生くんが貴子を泣かせて」と言いかけた。

しかし、湯気の向こう側にいる水瀬が肩をすくめて首をひねるので、貴枝は憮然（ぶぜん）とした表情で湯気に視線を戻した。

——貴子は公生に泣かされていたわけではなく、慰められていた。

映像の中の貴子は「手ごたえを感じていた、渾身（こんしん）の企画が通らなかった」と言って泣いていた。それを見た貴枝は少しばかり動揺した。

「これは、覚えてるわ……。あの子、ケロッとした顔して『やっぱり先輩には勝てなかった。いい勉強になった』って言ってたのよ。初めて企画が通るかもしれないって言うから、祝勝会をしようと思ってお鍋を用意していたのだけれど。『残念会になっちゃったね』って笑いながら、あの子、カニの脚を折っていたのよ。……本当は泣いていたの？」

その次も、その次も。貴子は公生の腕の中で泣き、慰められていた。そして最後に映し出されたのは、貴子が小学校にあがる寸前のころだった。

映像の中の貴子は心なしか挙動不審（きょどうふしん）で、それに気がついた公生が腕を広げた。貴子はひとしきり泣いたあと、笑顔で公生に「ありがとう。お母さんには内緒ね」と言った。それを見て、貴枝は愕然とした。

「わ、私が、家族の前では泣けなかったから？　だから、貴子も我慢していたの……？　まだ小さいから死というものが理解できなくて、それで泣かなかったのだとばかり……。そんな、私のせいで……？」

貴枝は母が亡くなったとき、家族には迷惑をかけまいと思い、泣くときは独りきりで泣いていたという。家族の前では毅然として、良い妻、良い母であるための彼女なりの判断だった。

だが、それがまさか、娘にも我慢を強いることになっていたとは。

「貴子は手がかからなくて、常に元気で前向きで、芯の強い子だと思っていたのに。それが、私の自慢の貴子だったのに。私の前では、一度も泣いたことがないのよ、あの子。けれどそれは、私が無理強いしていたというの……？」

「お母さんの前では強くあろうとしたのは、もちろんあるでしょう。けれども、それはあなたに無理強いされたからではなくて、貴子さんが自分で選択したことです。それに、前向きで芯の強い子だというのは、今でも変わらないでしょう。だからこそ、貴子さんは公生くんを信じ抜いて、一緒に幸せになったのですから」

水瀬がそう諭すと、貴枝は泣き崩れてしまった。

貴枝が泣き止むと、水瀬は再び彼女に尋ねた。

「では、あなたは何を願いますか？」

何も、と言って首を横に振ると、貴枝はお代として千円を置き帰っていった。

「すまないね、私の勝手判断で対応してしまって」

貴枝が帰ったあと、水瀬は苦笑いを浮かべながら店主に謝罪した。店主は慌てて手をブンブンと横に振ると、口早に「とんでもない」と言った。

「むしろ、こちらこそすみません。ご対応いただいてしまって」

「いやいや、マスターにはいつもお世話になっているからね。あのくらい、全然だよ」

にこりと笑う水瀬に、店主は何度も頭を下げた。

ティーセットを片づけながら、店主は「それにしても」とつぶやいた。

「貴枝さんが本当に望んでいることは、貴子さんとの完全なる和解だと思うのですが。いつかちゃんと、親子で笑い合える日が来るでしょうか？」

「今すぐは気持ちに折り合いがつかないだろうけれど。でもきっと、いつかはそんな日が来るだろうよ。そのときには、お孫さんの写真を持ってニコニコしながら、再来店なさるだろうさ」

店主に笑いかけると、水瀬は窓の外の月を眺め見た。風が流れ、月にかかっていた雲は少しずつ晴れていこうとしていた。まだ雲がかかってはいるものの、澄み渡った闇の中にぽっかりと浮かぶ月は一層美しかった。

第10話 ほっこり懐かし、田舎のお茶セット

チリンという音がして、店主は作業の手を止めて顔を上げた。すると扉が押し開けられ、若い男性が店に入ってきた。男性に向かって笑顔を向けた店主は、思わず「いらっしゃいませ」の言葉を途中で飲み込んだ。

男性は固まったまま動かなくなってしまった店主を見て苦笑いを浮かべた。店主はみるみる瞳を潤ませて頬を上気させると、両手で口元を覆い隠して驚嘆した。

「佐々倉輝臣さんが、どうしてここに⁉」

乙女の顔で感動に打ち震える店主に、男性――輝臣は愛想よく笑うとペコリと小さく頭を下げた。すると、珍しく騒がしい店主を怪訝に思った常連たちがカウンター付近に集まってきた。

そのうちの一人の壮年の女性――八塚は「あっ」と声を上げると、輝臣を手のひらで指し示した。

「応援戦士ガンバレンのガンバレッド？」

「頑張る君を蝕む悪を天に代わって成敗す！　輝く君の応援隊長、ガンバ〜レ〜ッドッ!!」

輝臣は嫌がる素振りを見せず、むしろノリノリで大見得を切り名乗りを上げた。

常連たちが感心したようにヤンヤヤンヤとざわめきながら拍手を送る中、八塚がポカンとした顔で首をひねった。

「やっぱり、ガンバレッドで合ってたんだねえ。でも、あれ？　ガンバレッドはたしか、赤星一矢っていう名前じゃあなかったかい？」

「はい、そうです。赤星一矢です。ガンバレッド・赤星一矢役の佐々倉輝臣です。佐々倉のほうが僕の本名なんです」

「えっ、本名なんですか？　てっきり芸名だと思ってました。素敵な本名ですねえ！」

照れくさそうに頭を掻く輝臣に、店主がキャアキャアと黄色い声を上げた。

ぞろぞろと席へと帰っていく常連たちのあとを歩きながら、輝臣は「相席でもいいですか？」と尋ねられ八塚の座っていた席へと案内された。

「ご相席ありがとうございます。今日は珍しく、随分と混んでいまして」

「いいえ、大丈夫です。それにしても、まさか僕のことを知っていてくださるとは思いませんでしたよ」

「今をときめく朝ドラ俳優さんですもの、よおく存じておりますよ！　涙なしには見ることができなくて、いつもハンカチが手放せないんです！」

店主の力のこもった熱弁に、輝臣は嬉しそうにへにゃりと頬を緩めた。

八塚はニッカと快活に笑うと、飲みかけの紅茶に手をかけながら言った。

「あたしは、ドラマはあまり詳しくはないんだけれど、去年かな？　あたしんところに来る親子連れのお子さんが、よくガンバレンの人形を持っているのを見たものだから」

「てことは、お仕事、保育士か何かなんですか？」

「うーん、まあ、似たような感じ？　――本物のほうが、顔立ちがよくて素敵だねえ」

「あっは、本当に嬉しいなあ。ありがとうございます」

輝臣は始終ニコニコとしていた。店主にはそれが、何の不満もなさそうな、満ち足りた笑顔であるように見えた。実際、輝臣からは幸せそうな雰囲気がここそこからにじみ出ていた。

だが、不思議と何かが物足りないような気もした。

店主は不思議そうに首をひねると、輝臣に尋ねた。

「ご来店の理由、差し支えなければお伺いしてもよろしいでしょうか？　店主自らこう言うのもなんなんですけれど、このお店、ワケありのお客様ばかりいらっしゃるんです。輝臣さんは、全然そういう感じには見えないのですが……」

「あー……ですよね。ネットの書き込み、結構切羽詰った感じのものが多かったですもんね。僕も別に、そこまでワケありってわけではないし」

出されたグラスに口をつけていた輝臣は、水を飲まずにグラスをテーブルに戻した。

そして苦笑いを浮かべると、「あの、プライベートだし、もうちょいフランクにしゃべってもいい？」と言って頬を掻いた。もともと親しみやすい雰囲気がお茶の間でウケていた輝臣だが、どうやら本来はもっとくだけた人柄らしい。

もちろん、と店主がうなずくと、輝臣は礼を述べ、仕切り直しというかのようにニコッと笑みを浮かべた。

「ここには、ネットの書き込みを見て来たんだよ。〈神レベルにヤバい絶品スイーツが食える〉って見たもんで。超絶幸せになれるって言われたらさ、ぜってー食いてえじゃん、そんなの。だって、俺、もっと幸せになりてえもん」

店主が予想していたよりも、輝臣はフランクだった。フランクというよりも、チャラいと言ったほうがしっくりときた。

そのギャップに驚きながらも、店主は「もっと幸せに」という言葉に違和感を覚えた。それについて尋ねると、輝臣は困ったというかのように心なしか眉根を寄せた。

「もちろん、今もすげえ幸せなんだけどさ。何つったらいいの？　ほんの少しだけ、心のすみっこに隙間(すきま)があるみたいな？　ふとした瞬間に、何でか落ち込んでしょんぼりしてくるんだよ。——で、気がついたら『幸せになる方法』をネット検索してた」

「無意識にそんな検索をするだなんて、実は結構重症なんじゃあないのかい……」

ケラケラと笑いながら話す輝臣に、八塚は半ば呆れながらも心配した。店主も「まさか、そんな。信じられない」という感じで口をあんぐりと開けていた。

輝臣はにこやかに笑いながら「そうかなあ？」と首をひねると、温かみのある笑みをたたえ落ち着いた調子で言った。

「俺ね、人を喜ばせるのが大好きなの」

輝臣の周りには常に人が集(つど)っていた。みんなの笑顔を見ると自分も心の中がほっこりと温かくなることに気がついた輝臣は、自らムードメーカーを買って出ていた。
いつも考えていたことは「どうしたらみんなが笑顔になってくれるか。心から喜んでくれるか」だったし、そのために周りにいる人たちのことをよく観察もしていた。
なので、輝臣は誰からも〈明るく楽しくて、気が利くいい子〉と思われていたし、輝臣自身もそのように思っていた。

輝臣に転機が訪れたのは、高校生のころだった。たくさんの友達とカラオケやファミリーレストランに行ったりして〈みんなの盛り上げ役〉として楽しい毎日を送っていたある日、女友達のひとりがある雑誌を持ってやってきた。

彼女が見せてきたそのページには〈モデル募集〉と書いてあった。

「ねえねえ、これ、輝臣くん受けなよ！　輝臣くん、めっちゃカッコいいし、絶対受かるよ！」

「えー、そうかなあ？　でも、もしゲイノージンになんてなったら、今みたいにみんなと楽しく過ごせないじゃん。それじゃあみんな悲しむっしょ」

「でもさあ、今よりももっとたくさんの人が輝臣くんを見て喜ぶと思うよ！　キラキラとした輝臣くんを見るの、あたしも嬉しいし。てか、実はもう応募したんだよね。これ、他薦もオッケーだったからさ」

驚きはしたものの、輝臣が女友達に怒りを覚えることはなかった。

むしろ、過剰なほど高く評価してもらえているんだと感じて、ありがたいやら申し訳ないやらだった。

「自分のような明るいだけが取り柄のおちゃらけ男が、国民的男性モデルのコンテストなんて受かろうはずもない」と思っていたので、まさか二次審査に進んだという通知が届いたときには夢でも見ているのかと思ったという。

あれよあれよという間に審査を通過し、輝臣はコンテストで受賞した。腰が抜けるほど驚いたが、人を喜ばせる才能があると評価されての受賞だったのが輝臣には嬉しくてたまらなかった。

また、これからはもっと、今まで以上にたくさんの笑顔が見られると思うと俄然やる気が沸いた。

いくつかモデルの仕事をこなした頃、輝臣は俳優のオーディションの話をもらった。さらにもっと多くの人の笑顔に触れることができると思うと、ワクワクして仕方がなかった。

「僕のモットーは、人を笑顔にすることです。そんな僕以外に応援戦士が務まるとは思えません。全力で、みんなの笑顔を守ります！　守らせてください！」

希望と自信の光に溢れる瞳で力強くそう語る輝臣は、見事レッドのポジションを獲得した。

「イベントとか行くとさ、お子様がめっちゃキラキラした目でこっちを見ながら一生懸命手

を振ってくれんの。お母さんがたも超笑顔でさ。それがすげえ嬉しくて、幸せだなって思う瞬間でもあったの。ガンバレンが終わって、朝ドラ出演の話をもらって、ＣＭなんかもバンバン声かけてもらえてさ。順風満帆ってのはこういうのを言うんだろうなって思ったよ。もちろん両親や友達は喜んでくれたし、ばあちゃんなんかは『いつも見てる朝のドラマにテルちゃんが出るだなんて』って驚いてくれてさ。――けど、なんつーか、燃え尽き症候群っていうの？　それに似た感じで。まだ駆け出したばっかだっつーのに、何となくガス欠になっちゃって。俺、今、すっげえ幸せなはずなのに。何かが足りてないんだよね。これって傍から したら贅沢な悩みかもしんねーけどさ、その〈足りない何か〉が実は一番大切なものな気がして」

「贅沢ってことはないですよ。本当にその通りだからこそ、そう思うんでしょうから。きっとその〈足りない何か〉が輝臣さんにとって一番大切なものなんでしょう」

そのように店主が返すと、輝臣は嬉しそうに笑った。仲のいい友人の何人かに相談をしたら口を揃えて「贅沢だ」としか言われなかったそうで、理解を示してくれたのは店主が初めてなのだという。

八塚は片手をあごに添えて腕を組むと、考え込むようにうーんと唸った。

「それさあ、あんたさあ、キャパオーバーってやつなんじゃあないかい？　走る速度を間違えたんだよ。それか、手広くやりすぎて疲れちまったとかさ」

「あー……そうなのかなあ？　自分で思ってたよりも頑張りすぎてたってこと？　じゃあ、ちょっとでも落ち着いたら、〈足りない何か〉が見えてきたりするかなあ？」

輝臣も、思案顔を浮かべて腕を組んで唸った。

店主はひらめいたとばかりにポンと手を打つと、輝臣に向かってニッコリと微笑んだ。

「じゃあ、試しにほっこり落ち着いてみましょうか。──お客様、少々お待ちくださいませね」

そう言って優雅にお辞儀をすると、店主はひょこひょことカウンターへと去っていった。

戻ってきた店主が運んできたものを目にして、輝臣は目をパチクリとさせた。

「わぁお、すげえな。神レベルって、こういう……？　激渋いんですけど。お茶に羊羹とか、マジで神レベルの渋さだわ。ていうか、純喫茶でこういうのが出てくるとは思わなかった」

「お年を召したお客様ですと、こういうものを好まれる方もいらっしゃいますからね。なので、意外とこういうメニューも取り揃えているんですよ」

へえ、と相づちを打ちながら、輝臣は黒文字──木製の和菓子用ふた又フォーク──を手に取った。

そして「いただきます」と言いながら丁寧にひと口分を切り分けると、美しい手つきで羊羹を口に運んだ。作り手に敬意を払っているかのような、見ているこちらが笑顔になれるような所作だった。

輝臣は顔をくしゃくしゃにすると、満足げに何度もうなずいた。

「うん、マジ神！　うっま！　超うまい！」

「よかった、お気に召したようで何よりです。最近ではあんこが苦手な若い方が増えていると聞いたことがあったので、少し心配だったんです」

店主が苦笑いを浮かべると、輝臣は興奮気味に頬を上気させた。

「俺ね、あんこ大好物なの。夏にばあちゃんちに遊びに行くとさ、お彼岸用にっておはぎを大量に作っててさ。それが超絶うまいんだ！　半殺しのやつだから、小豆の皮が歯に挟まるのが難点なんだけど。――この羊羹は逆に、すっごく丁寧に濾されてて口当たりが超いいな。甘さも控えめだし、めっちゃ食いやすい！」

店主が嬉しそうに微笑むと、八塚も釣られて目を細めた。幸せそうに黒文字を握りしめる輝臣を眺めながら両手を組んで頬杖をつくと、八塚は輝臣に笑顔で言った。

「お茶もすごく美味しいよ。飲んでごらん」

促されるまま、輝臣は湯呑を手に取りひと口飲んだ。ホウと息をついて全身からだるんと力を抜くと、うっとりとした表情でポツリとつぶやいた。

「あ、何これ、すっげえ癒やされる……。梅昆布茶（うめこぶちゃ）か、久々に飲んだわ……。出汁（だし）のような風味が鼻から抜けるたびに、心がほっこり楽になっていくっていうか。梅の酸味も、じんわりくるな……」

「もちろん羊羹もですけれど、その梅昆布茶は特製なんですよ。まず、使われている梅は仙人がひとつひとつ丁寧に育てたもので――」

「仙人って言ったら、普通は桃じゃね？」

きょとんとした顔を浮かべてそう言う輝臣に、店主はさらなる説明をしようとした。

しかしすぐさま輝臣は「でも、そっか」と言って店主の言葉を遮った。そしてお茶に視線を落とすと、にこにこと笑顔を浮かべた。

「桃だけじゃなくて梅や桜も植えたらさ、花の咲く時期が若干ズレてるから、春の間中ずっと花見が楽しめるもんな。そう考えたら、梅だって植わっててもおかしくねえよな。――あれ？　そもそも桃源郷って、季節あったっけ？」

「輝臣さんは、少しも疑わないんですねえ。材料のお話をすると、大抵の人が訝（いぶか）しがるんですよ」

店主はそう言うと遠慮がちに笑った。輝臣は不思議そうに首を傾げると、目をしばたかせながら口を開いた。

「何で？　マスターさんがそう言うなら、本当にそうなんだろ？　俺がそう思うなら、本当にその通りなのと同じようにさ。それに、ここは〈幸せになれるってうわさの、不思議な喫茶店〉なんだし。そう考えたら、何でもあり得るだろ」

やはり、輝臣は素直で素敵な青年だった。

輝臣の気持ちの良さに、店主も八塚も改めてほっこりとした気分になった。

輝臣は嬉しそうに羊羹を食べ、梅昆布茶を飲んだ。お茶を飲むたびに至福の息を漏らしていた輝臣は、ふと湯呑をテーブルに置くと天井を仰いだ。

「あー……ばっちゃに会いでえなあ……」

大きなため息をついてから、輝臣は少し訛（なま）りのあるゆったりとした口調で話を続けた。

「梅昆布茶もさあ、よくばっちゃんちで飲んだんだ。縁側で、休憩のために農作業から帰ってきたばっちゃとボーッと空を眺めながらさあ」

「大丈夫かい？　ハンカチ、いるかい？」

優しく声をかけた八塚に、輝臣は震える声で「大丈夫」と答えた。いつの間にか、輝臣ははらはらと涙をこぼしていたのだ。

「あっれ、おかしいな……。何だこれ、とまらねえ……」

輝臣はズッと鼻を鳴らすと、そのまま静かに泣き続けた。

久しぶりにゆっくりと時間が流れているのを感じることができた。——そう言って感謝しながら、輝臣は帰っていった。

それから半年後、輝臣が朝のドラマのクランクアップを迎えたという情報とともに、しばらく芸能活動を休業するというニュースが世間を賑わせた。休業の理由は「忙しく走り回っていたので、家族や友達と過ごす時間を持ちたい」ということだった。

そこからさらに半年後、輝臣は芸能界引退を表明した。偶然テレビでその報道を目にした店主は、驚きのあまり思わずお茶を吹いた。

輝臣が芸能界を引退して一年経った、ある日。

チリンという扉の開く音がして顔を上げた店主が目にしたのは、小麦色に肌が焼けた輝臣の姿だった。

輝臣は二年前よりも少しだけガタイがよくなっていて、とても元気そうだった。

「マスターさん、久しぶり！　これ、どこかに置きたいんだけど大丈夫？」

輝臣は大きな段ボールを掲げるように少しだけ持ち上げた。

店主はカウンターの上に新聞紙を敷くと、そこに置くよう促した。

店の奥のほうであんみつを食べていた八塚は輝臣に気がつくと、ニコニコと笑顔を浮かべて席を立った。

「あら、久しぶりだねえ。少し見ないうちに、すっかり逞しくなっちゃって」

「ね、びっくりしましたよ。引退表明なさったときも、お茶を吹くくらい驚きました。だって、人を笑顔にするのが大好きな自分にとって、芸能界は天職だくらいのことを仰っていたのに……」

「ははは、たしかに。でも、これが全然後悔していないんだなあ」

輝臣は胸を張ると、照れくさそうに鼻の頭を人差し指で擦るように掻いた。そして、おもむろに段ボールを開けた。

中に入っていたのは、たくさんの野菜と保存容器だった。

「これね、ばあちゃんちの畑を手伝って俺が作ったの。こっちの容器には、ばあちゃん手作りの味噌が入ってるんだ。味噌汁にしても美味いけど、そのままきゅうりにつけて食べても美味いよ」

「あら、ちょうどきゅうりも入っているね」

「じゃあ、さっそくいただいてみましょうか」

店主は箱からきゅうりを二本取り出すと、ふたりに背を向けた。軽く洗ってヘタを切り落とし、くるくるとこすり合わせたあとに塩を振ったまな板の上でゴロゴロと転がす。すると爽やかな香りが漂って、店主の顔から思わず笑みがこぼれ出た。

再び水でさっと洗い流したきゅうりを持って店主が戻ってくると、八塚が保存容器の蓋を開けて待っていた。

店主は八塚にきゅうりを渡して容器を受け取ると、器に味噌を少しだけ盛った。

ふたりはきゅうりと味噌を手にすると、いただきますの挨拶をして、まずはそのままのきゅうりにかぶりついた。

「うーん、シャッキシャキ！　どれ、味噌のお味は……？　——うん、すごくいいねえ！いくらでも食べ進められるよ。美味しいねえ！」

目じりを下げて喜ぶ八塚に同意するように、店主ももくもくと食べながら何度もうなずいた。

輝臣はふたりの笑顔を見てガッツポーズをすると、嬉しそうに口を開いた。

「俺ね、この店のおかげで何が足りてないかに気づけたんだ。——あのね、俺に足りなかったのはね、ゆったりとした時間だったの。あのとき、保育士さんが『走る速度を間違えたんだろ』って教えてくれたじゃん？　まさにその通りだったんだ」

喫茶月影で久々にゆったりとした時間を過ごしたあと、輝臣は「人の笑顔を見て嬉しいと思う自分の気持ちが、昔よりも心の深い部分から湧き上がってきていない」ということに気がついたそうだ。気持ちに余裕ができたからこそ、それに気づくことができたという。

どうしてなのかと考えてみたところ、あまりにも忙しく、そしてあまりにも人の笑顔と出会い続けることで、相手の喜びが自分の心の浅い部分までにしか刺さってこられなくなっているのではないかと思い至ったそうだ。

たくさんの喜びが得られるのは素晴らしいことではあるが、その都度その全てを深く受け止めてしまっては、それはそれで受け止めきれなくなり疲れてしまう。

連続して幾度も幸せな気持ちが押し寄せるのは幸福なことだが、必ずしもよいことではないということだ。だから、心が防御本能を働かせて、そのようになってしまったのだろう。

せっかく人と触れ合い、その笑顔に喜びを見出したいのに、幸せを噛みしめる余裕がないのであれば意味がない。

――そう思った輝臣は、一度立ち止まってみることにした。そして家族や友達とゆったりとした時間を過ごし、祖母の家に遊びに行って農作業を手伝っているうちに、再び「人の笑顔を見るのは嬉しい」と心から思えるようになった。

しかし、芸能人としてもう一度頑張ろうとは思えなかった。

自分には忙しく飛び回って数多の人々を笑顔にするよりも、じっくりと向き合って目の前の誰かを笑顔にするほうが性に合っていると感じたからだ。

つまり、八塚の言った通り、手広くやりすぎたのである。

「農家も目まぐるしいほど忙しいけどさ、でも、野菜と向き合っているときはゆっくりとした時間が流れている気がするよ。モデルや俳優と比べたら。それに、家族や友達と過ごす時間も作ることができるしさ。——ゆっくりゆったりとした時間があって初めて、心に余裕があって初めて、相手と一緒に俺も心から幸せだと笑えるんだって気づいたから。だから、芸能界はやめたんだ」

「でもさ、目の前の誰かを笑顔にするほうが性に合ってると言うけれどさ、あんたはあんたが思っている以上に、たくさんの人を笑顔にしているよ」

きゅうりを食べ終えて至福の息を漏らした八塚は、ニッカと笑ってそう言った。

輝臣が不思議そうに首を傾げると、店主がうなずいて笑った。

「そうですね。農家さんだって芸能人に負けないくらい、数え切れないほど多くの人を笑顔にできますよ。だって、こんなに美味しいお野菜をいただいたら、誰だって幸せな気持ちになっちゃいますもの」

八塚はウンウンとうなずいたあと、思いついたとでも言わんばかりのアッという顔を浮かべた。

「せっかくだからさ、芸能人だったたっていう知名度を活かして、ネットとかで発信するのもいいんじゃあないかい？」

「農家インフルエンサー的なヤツ？　でもそれ、何番煎じだよ？　需要あるかなあ」

輝臣が首をひねると、八塚はカラカラと笑って言った。

「あるさ。〈ガンバレンが発信してくれるからこそ届く〉ってものが絶対にね。あんたの呼びかけひとつで野菜嫌いを克服する子もいるだろうし、野菜のおいしさを知って笑顔になる子だってきっといる。もちろん、子どもが食べてくれるようになったって喜ぶ親御さんもね。だから、何番煎じだろうがやってみたらいいのさ」

「あー！　なるほどね！　いいな、それ！　そろそろ農家の仕事にも慣れてきたし、やってみようかな？」

輝臣は弾けるように笑った。今度こそ、何かが足りないということはない、満ち足りた笑顔だった。

レジスターがチンと音を立てた直後、店の扉が開いて男の子がひとり入ってきた。

「えっ、うそ、ガンバレッド⁉」

男の子は目を丸くして輝臣を見つめた。

輝臣は快くそれに応じ、大見得を切り名乗りを上げた。

「うわ、本物だ！　本物のガンバレッドだ！」

「ははっ、坊主、こんな遅い時間にどうしたんだ？　もしかして、塾帰りか？　輝く君の未来は、この俺が守ってやるぜ！　だから安心して、勉学に励め。そして、たくさん野菜を食うんだぞ」

輝臣は男の子の頭をグリグリと撫でた。男の子が大きくうなずくと、輝臣も満足げにうなずき返した。

店主と八塚に感謝すると、輝臣は颯爽と店をあとにした。――輝臣は、今も昔と変わらず、誰かにとってのヒーローだった。

第11話 太陽のトマトジュース ～ヒーロー風味～

英雄はふと顔をあげると、辺りを見回して顔を青ざめさせた。

（えっ、どうしよう……。ここどこ……!?）

考えごとをしながら足元ばかりを見て歩いていたからか、いつの間にか知らない道を歩いてしまっていたようだった。

目の前には、七つの曲がり角のある道が広がっていた。もちろん、塾と家とのあいだでそのような道は通らない。

初めて見る場所に困惑してキョロキョロと視線をさまよわせると、英雄は再び下を向いて小さくため息をついた。

すると、視界の端で何かが動いているのが見えた。不思議に思って顔をあげてみると、なんと自分の影がするするとどこかへと伸びていくではないか。

月がそんなに早く傾くわけはないし、電柱も動くはずがない。つまり、影がこんなにも伸びていくというのは、本来起こりえないことだ。

しかし、英雄は何故だかそれを怖いとは思わなかった。

（影について行ったら、帰れるかも）

そう思った英雄は、迷うことなく影を追いかけ、八つ目の曲がり角を曲がった。

角を曲がって目の前に現れたのは、温かな雰囲気の喫茶店だった。ここで道を教えてもらおうと、英雄は店の扉を押し開けた。

すると、入ってすぐの目の前にツナギ姿の男性が背中を向けて立っていた。男性は英雄に気がつくと、にっこりと笑いかけてくれた。

英雄は目を真ん丸にして彼を見つめると、思わず「えっ、うそ！」と声を上げた。

彼は英雄にとって、とても馴染みのある人物だったのだ。

「ガンバレッド!?」

目の前の彼は優しくうなずくと、応援戦士ガンバレンのガンバレッドが作中で名乗りをあげるのと同じポーズを決め、セリフを言った。

英雄は先ほどまで悩んでいたのがまるで嘘のように、心の底から元気が湧き出てくるのを感じた。

「うわ、本物だ！　本物のガンバレッドだ！」

「ははっ、坊主、こんな遅い時間にどうしたんだ？　もしかして、塾帰りか？　輝く君の未来は、この俺が守ってやるぜ！　だから安心して、勉学に励め。そして、たくさん野菜を食うんだぞ」

ガンバレッドは英雄の頭をグリグリと撫でると、颯爽と店をあとにした。

ヒーローの背中を見送りながら、英雄は言いしれぬ感動に浸った。そんな、まだぼんやりとしていた英雄の頭を、今度は壮年の女性――八塚が撫で回した。

「それで、少年。ガンバレッドの言う通り、塾帰りなのかい？　それとも迷子かな？」

「塾帰りですし、迷子です」

英雄はムッとすると、身を引いて八塚の手から逃れた。

せっかくヒーローに撫でてもらった余韻がなくなってしまうのが嫌だったし、見知らぬおばさんに子供扱いされるのも腹立たしかったのだ。

それを察した八塚は申し訳なさそうに苦笑すると、小首を傾げて英雄に尋ねた。

「あら、どっちもかい。あんた、見かけたことない顔だけど、もしかして引っ越してきたばかりかい？」

「え、何、おばさん、もしかして、地域の見守りでもしてるわけ？」

八塚を警戒する英雄に、八塚は苦笑いを浮かべて「そんなところさ」と答えた。

ふーん、とうなずきながら、英雄は八塚を睨んだ。

「おばさん、本当に見守りおばさんやってるの？　俺が引っ越してきたの、小学校に入る前だよ。今、五年生だけど、俺、一度もおばさんのこと、見たことないんだけど」

八塚は笑ってごまかすと、続けて言った。

「五年生なら、慣れた道で迷子になるような年でもないだろうに。どうかしたのかい？」

「ちょっと、考えごとをしてて……」

英雄は言いづらそうに口ごもった。店主はカウンターの内側から出てくると、店の奥へと誘うように英雄の肩を軽く叩いた。

「私たちでよろしければ、お伺いしますよ。誰かに話してしまったほうが、すっきりすることもありますしね」

英雄は店主のあとをついていこうとした。しかし足を止めると、目をパチクリとさせて声をひっくり返した。

「ていうか、何でガンバレッドがここに⁉」

「昔、ご来店いただいたことがあるんです。今日はそのときのご縁で、お野菜を持ってきてくださったんですよ」

「せっかくだからさ、ガンバレッドのお野菜、少し出してあげたら？　それ食べながら、話をしたらいいよ」

八塚の提案にうなずくと、店主は英雄を八塚の座っている席へと案内した。八塚は店主が戻ってくる間、ガンバレッドのきゅうりがいかに美味しかったかを英雄に話して聞かせた。

英雄は興味深げに耳を傾けながら、驚きを鎮めるようにフウと息をついた。

「最近テレビで見なくなったと思ったら、まさか食卓を応援するヒーローになってたとは思わなかった」

「ガンバレンは今から三年くらい前の子供向け番組だろう？　少年、よく知ってたね」

「少年じゃないよ、英雄だよ。――別に、そんなの全然見るよ。小学校あがったらそういうのを見るのやめちゃった子もたしかにいるけど、俺は今でも見てるよ。だって、ヒーローって男のロマンじゃん。俺もいつか、ガンバレンみたいなカッコいいヒーローになりたいよ」

英雄は目をキラキラと光らせると、力強く両の拳を握った。

店主は英雄に食べやすいようにカットしたきゅうりと味噌、そして温かいお茶を出してあげた。英雄はきゅうりをしげしげと眺めると、フォークを手に取りパクリと食べた。

「わあ、甘い！　きゅうりって、こんなほんのり甘いんだなんて知らなかった！　いつも食べるのはもっと、水っぽくってチャクチャクしてて美味しくないのに！　これ、ガンバレッドが作ったんだよね!?　すごいや！」

嬉々としながら、英雄はパクパクときゅうりを口に運んだ。

しかしすぐにフォークを持つ手の動きが鈍くなった。そしてみるみる表情を暗くすると、英雄はしょんぼりと肩を落とした。

「どうかしましたか？」

店主は心配するように英雄の顔をのぞき見た。すると、英雄は小さな声で「駄目だなあ」とつぶやいた。

「何が駄目なんですか？」

「だってさ、さっき、ガンバレッド、『勉学に励め。野菜を食え』って励ましてくれたじゃん。だけど、そのどっちもできてないんだもん」

「何でだい？　塾帰りってことは、あんた、しっかり勉強してきた帰りってことじゃないか。それのどこが『できてない』んだよ」

首を傾げてそう言う八塚に同意するように、店主も何度も小さくうなずいた。すると英雄は苦い顔を浮かべ、ボソボソとつぶやくように返した。

「考えごとしてて授業の内容が全然頭に入ってこなくて、それでこっそり早退したんだよ。けれど、早く帰ったら母さんに心配されるから帰りたくなかったたし、考えごとのせいで頭の中もぐちゃぐちゃで、どうしたらいいか分からなくて」

「それでフラフラと歩いてたら道に迷った、と」

八塚は納得したようにうなずきながら腕を組んだ。英雄は歯をむき出して怒ったが、すぐにまたしょぼんと肩を落として素直に「うん」とうなずいた。

「だから、俺、勉強は頑張れてないんだ。野菜も、本当は嫌いなものが多いし。ヒーローになりたいのに、英雄(ヒーロー)っていう名前なのに、全然ヒーローなんかじゃないし。せっかく、ガンバレッドが応援してくれたのに……」

そう言うと、英雄は物憂げにうつむいた。

店主と八塚は、英雄をじっと見つめて続きが語られるのを待った。英雄はのろのろと顔をあげると、少しばかり泣きそうになりながらポツリと言った。

「クラスにさ、いじめられてる子がいるんだ。塾じゃなくて、学校のほうなんだけど——」

英雄のクラスには、小柄な男の子がいるそうだ。体格が小さく力も弱いため、ガキ大将格の男子が中心となって「女みたいだな」といじめていたそうだ。

どうして過去形かというと、今はその子がいじめのターゲットではないからだという。今ターゲットになっているのは、長期休暇明けに転校してきた女の子だった。

その女の子は成長が早いのか、周りの女の子たちよりも体が大きかった。男子を含めても、クラスの中でトップクラスに背が高かった。勝ち気で明るい性格で、彼女は転校してきて早々にクラスのほとんどと友達になった。

積極的な彼女を見て、英雄は素直に「すごいな」と思ったそうだ。

そんな彼女が何故いじめのターゲットになってしまったかというと、ガキ大将といじめられている男の子の間に割って入ったことがきっかけだったという。

ガキ大将格の子は、粗野で乱暴な子だった。何かにつけてすぐにカッとなって手を上げるので、クラスの誰も彼を注意することができなかった。

先生もはじめは彼に注意してくれていたのだが、彼が「いじめじゃない。遊んでふざけてただけ」と言い張り、周りも「そうです」と暴力を振るわれるのを恐れて同調していた。そのせいで、気がつけば、先生は全く注意をしてくれなくなっていた。

ヒーローに憧れ正義を良しとしていた英雄にとって、クラスのこの状況はとても苦しいものだった。どうにかしたいと思ってはいたのだが、自分よりもひと回りふた回りも体の大きなガキ大将に太刀打ちできるとは思えなかった。

実際、自分よりも体が大きくて運動もできる子が止めに入ったことがあるのだが、どうすることもできずに叩きのめされて終わりだった。

叩きのめされた彼も、自分が次のいじめのターゲットにされるのを恐れて、あっさりと身を引いた。その様子に、流されるがまま、見て見ぬふりしたままでいるほうが安全だとクラスの誰もが思い、絶望した。英雄も、その光景に絶望したひとりだったのだ。

それでも、もどかしい思いを捨てきることはできなかった。

休みの間中も「どうしたらいいか、どうすべきか」を自問自答する日々で、全然楽しく過ごせなかった。

そんな暗い気持ちで休み明けを迎え、快活(かいかつ)な転校生を眩(まぶ)しいと思い、自分も彼女のように何ごとも積極的にいかねばと思ったある日。いじめを止(と)めに入った女の子がガキ大将に殴られるという衝撃的な場面を英雄は目撃することとなった。

女の子は動じることなく、ガキ大将といじめられっ子との間に飛び込んでいった。そして頭に血が上ったガキ大将は「女のくせに」と手を上げ、逃げることなくその場に立ち尽くした女の子は顔を打たれて鼻血を出した。

なんてひどいことをするんだと怒りを覚えるとともに、凛(りん)とした彼女の姿がガンバレッドのように見えて「カッコいい」と英雄は心の底から思った。しかし、女の子に怪我をさせるというショッキングな出来事は、このいじめの終結に結びつきはしなかった。

この女の子は次のいじめのターゲットにされてしまい、クラスの人気者という立ち位置からたちまち底辺に落とされてしまったという。

「『女のくせに生意気(なまいき)』とか『男女(おとこおんな)』って言いながら、彼女はしょっちゅう殴られてるんだ。彼女のことをちやほやしてた女子も『あの子は女の子じゃないから』とか言って見向(みむ)きもしない。助けてもらった元いじめられっ子も、また自分がターゲットにされるのが嫌だからって、一緒になって彼女を罵(ののし)ってる。――俺はビビって何もできないままだったのに、彼女にはためらいなんて何もなかった。彼女は、本当にすごいんだ。こんな状況でも気持ちを強く持って、頑張って毎日学校来てる。だから俺、今度こそ『頑張る君を蝕む悪を天に代わって成敗す』をしたいんだ。なのに、いざとなると足がガクガクしてきちゃって。俺、すごく恥(は)ずかしいよ。ヒーローに憧れてるのに、なれないんだから。英雄って名前なのに勇気も出せなくて、全然カッコよくない」

じわりと目じりを濡らしながら、英雄はため息をついた。唐突に、店主は英雄に尋ねた。

「お野菜が嫌いって仰ってましたけど、何が特に嫌いですか？」

「は……？　この流れで、普通そういうこと、聞く……？」

英雄は呆れてポカンとしたが、店主は譲る気配などなくニコニコとしていた。英雄は不機嫌に顔を歪めると、ぶっきらぼうに答えた。

「トマトだよ。青臭いし、真ん中のグジュグジュしたところは気持ちが悪いし。あれほど最悪なものはないね」

「分かりました。じゃあ、まずはトマトを克服してみましょう。それだけ嫌いなものが平気になったら、きっと他の『無理だろう』『怖い』と思っていることも、少しずつ乗り越えていけるようになると思いますから」

英雄はいっそう顔をしかめた。何を馬鹿なことをとも思い、フンと鼻を鳴らした。すると八塚がニヤリと笑って、挑発するように身を乗り出してきた。

「少年、トマトがそんなに怖いかい？」

「だから、少年じゃねえって！　ていうか、トマトは関係ないだろ⁉」

「そうやって、また目の前のものから逃げるのかい。――逃げるな、少年。立ち向かえ！

……マスター、今すぐに。急いで用意して」

憤る英雄を無視して、八塚は店主に注文をした。店主は大きくうなずくと、三つ編みを揺らしながらぴょこぴょことカウンターへと去っていった。

戻ってきた店主が運んできたのは、真っ赤な色が鮮やかなトマトジュースだった。

盛大に顔をしかめる英雄の前にコトリと置くと、店主は自慢げにストローを振りかざしながら胸を張った。

「知っていますか？　トマトは太陽の国で生まれたとされているんですよ。また、トマトを初めて見たローマ圏（けん）の方々は、宝石のように美しいトマトの赤を見て『伝説の果物・黄金（おうごん）の林檎（りんご）だ！』と思ったとか何とか。日本でも、神饌（しんせん）として神にお供えするところもあるんです。……トマトって、すごいんですよ」

「それ、どこまでが本当の話？」

「そんな、太陽と神の力をうちに秘めた〈すごいトマト〉で作ったトマトジュースです。二種類のトマトを使って作ったほうが味に深みが出ますので、今回はガンバレッドが持ってきてくれたトマトを相方（あいかた）に選びました。ですから今回は特別に、ヒーロー風味です」

「いや、だから、待ってよ！　それ、どこまでが本当の話⁉」

意気揚々と話を続ける店主に、英雄は懸命にツッコミを入れ続けた。しかし無駄であると諦めると、心底嫌だと言わんばかりの苦みばしった表情でトマトジュースを睨みつけた。

「……これ、ガンバレッドの作ったトマトも使ってるんだよね？」

「ええ、そうですよ」

「じゃあ、飲み切ることができたら、今度こそ俺はガンバレッドみたいになれる……？」

店主はにっこりと微笑むと、お好みでどうぞ、と言いながらタバスコ、輪切りのレモン、蓮の花の蜜などをストローとともにテーブルに置いた。英雄はそれらに目もくれず、トマトジュースを見据えていた。

英雄はコップを持ち上げると、恐る恐るそれに顔を近づけた。そしてギュウと目をつぶると、腹を括ってゴクリとひと口飲んだ。次の瞬間、英雄はカッと目を見開いた。驚きの表情でゆっくりと視線を落とすと、トマトジュースを凝視してポツリと言った。

「全然、青臭くない……」

「お口に合って、よかったです！」

「しかも、サラサラしてて飲みやすい！」

「グジュグジュが嫌だと仰っていたので、一生懸命濾しました！」

胸を張り、嬉しそうにうなずきながらそう返す店主そっちのけで、英雄はゴクゴクと喉を鳴らしながらジュースを飲んだ。ぷはっと顔をあげると、英雄は口の上に赤いヒゲを薄っすらと作って笑った。

「ほんのり甘いし、すごく美味しい！　これ、そのままで全然美味しい！　冷たいのを飲んでるはずなのに、何だかおなかの底からポカポカしてくるし！　これが太陽の力⁉　それとも、ガンバレッドの応援パワーかなあ⁉」

あっという間に、英雄はトマトジュースを飲み干した。飲む前からは想像もつかない至福の笑みを浮かべる英雄に、店主の心もほかほかと温かくなった。

八塚は満足げにうなずくと、英雄の頭に手を伸ばした。

「よく逃げずに飲みきった。英雄、偉い偉い」

「結局子供扱いするのかよ。ようやく少年呼びやめてくれたと思ったら」

英雄は不服げに口をとがらせると、八塚の手を払い除けた。

八塚は気にすることなくニッと笑顔を浮かべた。英雄もニイと笑い返すと、楽しそうにクスクスと小さく声を出して笑った。


勇気を持って立ち向かっていける気がする。――そう言って店をあとにした英雄が再び来店したのは、それから十数年後のことだった。立派な大人に成長した英雄は、あのときの礼を言いにくるのが遅くなって申し訳ないと頭を下げると、カバンから何やら取り出して店主と八塚に見せた。それは、養護教諭として採用されたという通知書だった。

「おや、あんた、保健の先生になるのかい。てっきり、ガンバレンのあとを追ってヒーローにでもなるのかと思ったのに」

「どうやったら俺なりにヒーローになれるか考えた結果がこれなんです」

英雄は照れくさそうに頭を掻くと、これまでのことをざっくりと話し始めた。

あのあと、英雄は勇気を振り絞ってガキ大将に立ち向かった。当然のようにボコボコにされたし、クラスメイトからも除け者にされたそうだ。しかし、転校生の女の子だけは態度を変えないでいてくれたという。

一緒に殴られ続ける日々がしばらく続いたあと、女の子は思わぬ行動に出た。なんと病院に行って怪我の診断書を作り被害届を警察に出し、さらには相手を訴えたのである。

「『子どもの喧嘩でそんなことをするだなんて、なんて大げさな』という親ももちろんいました。彼女の親も『モンスタークレーマーなんじゃないか』って嫌味を言われました。でも、全部彼女が自分で考えて自分で起こした行動だったんです」

「すごく、頭の回る子だったんですねえ。すごいです」

「はい、そうなんです。彼女、言っていました。『これは、立派な傷害罪。いじめという言葉で済ませたら絶対に駄目。クラス替えがあるまで私たちが耐えたところで、私たちはそれでいじめから逃れられるけど、新しいクラスで新しい被害者が生まれるだけで何の解決にもならない。やめるよう言い続けても状況がよくなるどころか悪くなる一方だったし、だから最終手段に出た』って。……彼女はすごいなって思いました。体の大きさだけじゃなくて、頭脳のほうも俺より大人でした。――今、彼女は弁護士になるために勉強していますよ。あのときにお世話になった弁護士さんが、いじめや離婚など、子ども絡みの案件を子どもの気持ちを大切にしながらやってくれる人だったらしくて。その弁護士さんのように、俺たちのような子どもを守れるようになりたいということで」

英雄も彼女と同じ思いをいだいていた。だからガンバレンに言われた通り、一生懸命勉強した。強い大人になれるように、苦手な野菜も克服した。そして自分なりに〈子どもを守るヒーローになるには、どうしたらいいか〉を考えた結果、養護教諭になろうと思い至ったのだそうだ。

「ほら、保健室って〈弱い立場にある子たちの駆け込み寺〉にもされているでしょう？　それに、校内を巡回するから全生徒の動向をうかがうことができるし。だから、担任としてひとりひとりと向き合うよりも保健室の先生のほうが、自分が目指しているようなことができるような気がして」

ニッコリと笑う英雄は、なんとも頼もしそうに見えた。

いきなりチンと音を立てたレジスターに、英雄は目を丸くした。何が起きたのかと尋ねてきた英雄に、店主は笑顔で答えた。

「あのときの〈お代〉を、今頂戴したんです。――どうか、子どもたちを支える、立派な保健室の先生になってくださいね」

「英雄ならきっとなれるさ。頑張りなよ。応援してるからさ」

ニイと目を細めた八塚に、英雄はあのときのようにニイと笑い返した。そして店主にも笑顔を向けると、ふたりに感謝しながら英雄は店をあとにした。――新しい英雄(ヒーロー)が誕生した瞬間だった。

第12話　ごく普通のかき氷

　大きな神社を取り囲むように、たくさんの出店(でみせ)が並んでいた。大通り、小通りにも神社の周囲と同じかそれ以上に店がひしめき合っていて、色とりどりの明かりと美味しそうな香りが往来する人々の心を魅了していた。――本日はこの都市の中で一番古く、そして一番大きな神社である水瀬神社の例大祭の日であった。
　境内(けいだい)の中にも、いくつか出店が立ち並んでいた。それらから少しはずれた場所に、何故か看板がないお店があった。提供しているのはかき氷で、店主は麻の生成りのような色の髪を緩く三つ編みにした若い女性だった。
　他の店と同じように、女性は祭りの法被(はっぴ)を羽織っていた。手伝いと思しき初老の男性と壮年の女性も、同じく法被を羽織っていた。男性は店の内側から身を乗り出すと、辺りを見回してそわそわとした。
「毎度のことだが、バレやしないかと心配になるよ。『ここに神様がいる』とバレて、騒ぎになりやしないかと……」

「いやだ、水瀬さま。考え過ぎですよお。今の時代、神職に就く人の全てが神通力を持っているわけでもなし」

女性がケラケラと笑うと、水瀬と呼ばれた男性は不安げに肩を落とした。

「いやでも、一人はいるんだよ。巫女（みこ）の子なんだけれど……。こちらの正体に気づいていないみたいで、多分『このおじさん、よく見かけるなあ』くらいにしか思ってはいないと思うけれど。あと、物心つかないくらいの小さな子どもや動物は、すぐに気がつくから駄目だね」

「ああ、たしかに。あたしもよく、犬猫や子どもにジィッと見られますよ。むしろ、しょっちゅう」

「八塚さまのところは子宝・子育てのところなだけあって、お子さん連れが多いですからねえ」

三つ編みの女性がニッコリと笑って会話に加わると、壮年の女性――八塚は笑い返して相槌（あいづち）を打った。ちょうどそのとき、水瀬のズボンのポケットからピロンピロンと音が鳴った。

一度音は鳴り止んだのだが、すぐに立て続けに鳴り続けた。八塚は苦い顔を浮かべると、水瀬に向かってポツリと言った。

「通知オフにしていないんですか？」

「ああ、そうだった。失念していた。うるさくして申し訳ない。少し、待ってくれ……」

三つ編みの女性が不思議そうに首をひねると、水瀬に代わって八塚が答えた。

「〈願い〉が届いているんだよ。参拝客からの。今日は縁日だからね。正月ほどじゃあないにしても、平常時よりも参拝者が多いから」

「ああ、なるほど！　水瀬さまも八塚さまも、現代はそういう形で受け取っていらっしゃるんですか」

ポケットから携帯電話を取り出して、通知オフの設定に苦慮して焦っている水瀬を眺めながら、三つ編みの女性は納得の表情でうなずいた。

「かわづさん――マスターのところは手を合わせる人が数える程度になっちまったし、そもそも〈喫茶店のお客〉として直接願いごとをしにくるようになったものねえ。ああいうのを見るのは、やっぱり珍しいかい？」

三つ編みの女性――喫茶店の店主・かわづは頬を上気させて勢いよくうなずくと、目を輝かせた。

「でも、テレビで似たようなものを見たことがありますよ！　『〈つぶやき〉が爆発的に拡散炎上して大盛り上がりで、通知が鳴りすぎて携帯が落ちる』というやつですよね？　あとは

『注文が入りすぎて〈さいと〉に〈あくせす〉が集中して、〈さあばあ〉が落ちる』とか！」

得意げにそう言う店主に、八塚は答えに困って笑顔を引きつらせた。ようやく携帯の設定の変更を終えた水瀬も、携帯をポケットにしまいながら心なしか呆れて言った。

「マスターはもう十分に、ネットに詳しいじゃないか」

「テレビが教えてくれますからね！　テレビは、ドラマだけじゃあないんです！」

フフンと胸を張った店主に水瀬と八塚が苦笑すると、ちょうどお客さんがやって来た。三人は「いらっしゃいませ」と声を揃えると、かき氷を作る準備をした。

水瀬は実は、この神社が祀る御祭神の水神である。そして彼が護る都市の中に、賀珠沼町という名前のついた小さな区画がある。かわづは、そこにかつて存在した〈かわづぬま〉の主であり神様なのだ。
かわづは今、〈喫茶月影〉という喫茶店を経営している。喫茶店に来店する人間はみな、強い願いを胸のうちに秘めたワケありのお客だ。店には人間の他にも、日々の癒やしや憩いを求めて神様のお客様がやってくる。水瀬と、かわづや水瀬とはご近所の神様である八塚は

喫茶月影の常連客だった。

店を切り盛りしているかわづはともかくとして、普段はお客の立場である水瀬や八塚が出店に立っているのにはわけがあった。喫茶月影の常連の中には、人足が遠のいて人間との触れ合いがめっきり減ってしまったという神様もいる。ある日突然、そんな神様のひとりが「普段は遠くから眺めることしかできない〈人間の笑顔〉を、間近で見よう」と言い出したのだ。――それはいいが、じゃあどうやって。話し合いの末、最も人の集まる水瀬さまの例大祭で出店を出そうということになった。以来毎年、飲食店経営に慣れたかわづを中心に据えて、常連客たちで出店をだしているのである。

お客様にシラップの味を決めてもらい、丁寧に氷を削ってかき氷を作る。そしてお代と交換で品物を渡すというのは、水瀬や八塚にとって楽しいことだった。お祭りだからこそできることとして、神様たちも人間に負けず劣らず祭りを楽しんでいた。

店主たちが山盛りのかき氷を抱えて笑顔で去っていくお客を見送った直後、すぐ近くから「は!?」という女性の素っ頓狂な声が響いてきた。驚いてそちらのほうに目を向けると、浴衣姿の女性――真由美が豆鉄砲を食らったような顔で突っ立っていた。彼女は一緒にいた男性に構うことなく出店に駆け寄ると、目を白黒とさせながら声をひっくり返した。

「なんで、かわづさまがこんなところに⁉」

「かわづさま？　もしかして、お前んところの取引先の方？」

あとからゆっくりと追いついてきた男性は真由美を見下ろすと、首を傾げてそう尋ねた。

真由美は苦笑いを浮かべると、もごもごと口ごもった。

「えっと、そうじゃなくてね……。うちの実家の近所の、ものすごく偉い人……？　あのね、喫茶店を経営なさっているんだけど――」

「そうなんだ。――いつも真由美がお世話になっております。真由美の夫です」

丁寧に挨拶をする彼女の夫に、店主は笑顔で挨拶を返した。真由美はそんなことよりも〈実家の近所の、ものすごく偉い人〉が出店をしていることのほうが気になるようで、店主に詰め寄るように身を乗り出してきた。

「――で。何でかき氷屋をしているんですか？」

「あら、真由美ちゃん。元気そうで何よりだねえ。ココ……赤ちゃんはどうしたんだい？実家に預けて、旦那さまと久々のデートってやつかい？」

真由美は話に入ってきた壮年女性をじっと見つめた。そして、その奥にいた初老の男性も観察するように眺め見た。あの日、喫茶店で見かけたような気がするふたりから再び店主に視線を戻すと、真由美は何かを察したように顔を青くして慌てふためいた。

「何で、かき氷屋をしているんですか⁉」

一大事とばかりにガクガクと震えだした真由美を、夫は不安そうに見つめた。店主は苦笑いを浮かべると、シラップの味の一覧を見せながら言った。

「いつもよりも少しだけ、みなさんの近くでみなさんの笑顔が見たかったんです。――提供しているのはごく普通のかき氷です。驚くようなことは何も起きませんので、安心してください。おひとつ、いかがですか？　氷室で寝かせた天然氷なので、口当たりがよくて美味しいですよ」

「それ、ただのかき氷じゃない！　すごく贅沢なやつ！　しかも五百円って、安すぎですから！　普通は最低でも七百円はするし！」

「お祭りですもの、サービスです。サービス」

ニコニコと微笑む店主に面食らうと、真由美はいちご味を注文した。出来上がったかき氷にスプーンストローを二本刺して差し出すと、真由美は恐縮しながら五百円を出してきた。

「あの……。今度また、赤ちゃん連れて顔出しますね……」

真由美は店主だけでなく八塚と水瀬にも視線を巡らせてそう言うと、どことなくいたたまれないというかのようにペコリとお辞儀して去っていった。

水瀬は苦笑いを浮かべると、店主に向かって言った。

「彼女、気づいていたね。君が〈我が町の、大切な神様〉だということに」

「実家が私の〈覆屋（おうち）〉の近所で、〈かわづぬま〉の言い伝えを知ってて、さらには喫茶店にも来店経験があるとなると、さすがに気づいてしまいますよねえ……」

「しかし、私や八塚さんのことは気づいていなかったみたいだったのに、八塚さんがうっかり『赤ちゃん』と口を滑らすから。多分だが、私たちのことも気づいてしまったんじゃあないか？」

「知らないはずの人に名前と子どもの存在を言い当てられたら、そりゃあびっくりしますもんね。申し訳ないです……。真由美ちゃん、恐縮しきりで、ちょっと可哀想なことしましたね。あたしたちなんか気にせずに、このあと、ちゃんとお祭りを楽しんでくれるといいんですけれど」

八塚がしょんぼりと肩を落とすと、ふたりの女性に挟まれて歩く女の子の姿が見えた。どちらの女性とも手を繋いで嬉しそうに笑う女の子は出店の中の八塚に気がつくと、女性たちと繋いでいた手を離して一目散に駆け寄ってきた。

「わあ、おばちゃんだ！　何で？　どうして⁉」

「あら、あいちゃん。お久しぶりだねえ。元気にしてたかい？」

キラキラと目を輝かせる女の子――あいに八塚が笑い返すと、その横にいた店主もニコリと笑ってあいに手を振った。あいは店主にも気づくと嬉しそうにバタバタと手を振り返した。

「わあ、お姉ちゃんも！　こんばんはあ!!」

あとから追いついてきた母ふたりは、店主と八塚に「その節は」と感謝の言葉を述べると深々と頭を下げた。

毎年、あいは育ての母とふたりでお祭りに来ていたのだそうだ。生みの母の存在を知った今年は、三人で楽しむことにしたのだという。ただ、生みの母の体調があまり優れないため、そろそろ帰るつもりだったらしい。

「あのね、とーまはおばあちゃんちでお留守番でね、お父さんはお仕事なの。だからね、これからお土産買うんだー！」

「ごめんね、あいちゃん。ママがもう少し元気だったら、もうちょっと一緒にお祭りを楽しめたのに……。ママ、先に帰るから、お母さんとゆっくりしていったら？」

「何で？　今日が今までで一番お祭り楽しいよ？　だって、ママもお母さんもいるんだもん！　来年はとーまも一緒に、四人がいいね！」

満面の笑みを浮かべるあいに、母ふたりは嬉しそうに目じりを下げた。店主たちも温かさで胸がいっぱいになり、笑顔がこぼれでた。

「よかったら、かき氷、食べていきませんか？　本当はおひとりさまひと味なんですけれど、シラップをおひとつサービスさせていただきますよ」

「じゃあね、あいね、メロンと青いのがいい！」

「フルーハワイですね。了解です！」


無事に祭りを終えると、店主と常連さんたちは喫茶月影に集まった。水瀬と八塚は他の神様たちと交代しながら店に立っていたが、店主はずっと出ずっぱりだった。それだというのに、店主は帰ってきてからもバタバタと動き回っていた。

「マスター、そろそろ落ち着きなさいな。そろそろ疲れてきただろう？　それに、せっかくの打ち上げなんだからさ」

「もう少しお待ちになって。カセットコンロのガス缶、切れてるみたいで……。――あれえ、新しいガス缶、どこにしまったんだっけ。おかしいなあ……」

「ほら、マスター、座って休みなさいな。ガス缶なら、今からコンビニでも行って買ってくるよ」

「……あった！　ありました！　よかったあ！　お待たせしましたー！」

水瀬が昔店に持ち込んだカセットコンロにガス缶をセットすると、店主と常連たちはお鍋をクックツと煮始めた。

あいたちが帰ったあとも、喫茶月影の出張所たる〈看板のない出店〉は大賑わいだった。かき氷は飛ぶように売れ、用意してきていた氷は全て使い切った。たくさんの人たちが笑顔でかき氷を買っていき、神様たちはみな十分なほど笑顔に触れることができた。お祭りは、今年も大成功だったのだ。

できあがった鍋を囲み、お酒をいただきながら、神様たちは口々に「楽しかった」「また来年もやろう」と言った。店主はそれにうなずきながら、ふと窓の外に目を向けた。

天高く昇った月は、もうすぐ満月になろうとしていた。つまり、もうすぐ、この喫茶月影に人間のお客様がいらっしゃるころあいだ。

「人々の笑顔はかくも美しく、かくも美味である。我々にとって、かけがえのないものだなあ。――マスター、あと何日もしたら、また忙しくなるね」

同じく月を眺めていた水瀬はそう言って笑うと、グラスの中のお酒をクイッと飲み干した。

八塚や他の常連さんたちも、店主に笑顔を向けていた。店主は真ん丸お月さまのような明るい笑みを浮かべると、胸を張ってうなずいた。

何かを強く願うなら　賀珠沼町にお行きなさいな

〈喫茶月影〉がきっと　あなたを笑顔にしてくれるはず……

宝島社
文庫

喫茶月影の幸せひと皿
(きっさつきかげのしあわせひとさら)

2024年4月17日　第1刷発行

著　者　内間飛来
発行人　関川 誠
発行所　株式会社 宝島社
〒102-8388　東京都千代田区一番町25番地
電話：営業 03(3234)4621 ／編集 03(3239)0599
https://tkj.jp

印刷・製本　株式会社広済堂ネクスト

ISBN978-4-299-05402-9